David Walliams

LOS PEORES NIÑOS del MUNDO

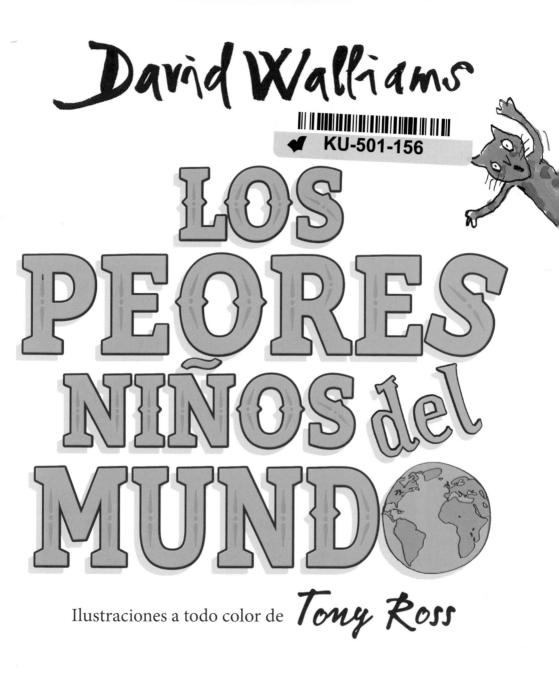

Ilustraciones a todo color de *Tony Ross*

Montena

DAVID WALLIAMS

TONY ROSS

Para
Tom y George,
dos de los mejores
niños del mundo
D. W.

Para
Wendy,
y los Savannahs
T. R.

Penguin
Random House
Grupo Editorial

Título original: *The World's Worst Children*

Primera edición: octubre de 2017
Primera reimpresión: abril de 2024

© 2016, 2022, David Walliams
© 2017, 2024, Penguin Random House Grupo Editorial, S. A. U.
Travessera de Gràcia, 47-49, 08021 Barcelona
Publicado originalmente por HarperCollins Children's Books,
una división de HarperCollins Publisher Ltd.
© 2016, 2022, Tony Ross, por las ilustraciones
© 2016, Quentin Blake, por el *lettering* del nombre del autor en la cubierta
© 2017, 2024, Rita da Costa, por la traducción

ISBN: 978-84-9043-769-8
Depósito legal: B-9.962-2017

Compuesto en Compaginem Llibres, S. L.
Impreso en Malasia

GT 3 7 6 9 D

TÍTULOS DEL AUTOR
YA PUBLICADOS:

El chico del vestido
Un amigo excepcional
El chico del millón
La abuela gánster
Los bocadillos de rata
La dentista demonio
Mi tía terrible
La gran fuga del abuelo
Amigos de medianoche
El papá bandido
El gigante alucinante
El monstruo del Buckingham Palace
La Operación Plátano
La abuela gánster ataca de nuevo
La cosa más rara del mundo
El slime gigante
El monstruo supercabezón
Los peores niños del mundo
El gran libro de los niños malos
Los peores profes del mundo

TAMBIÉN DISPONIBLES EN FORMATO
DE ÁLBUM ILUSTRADO:

Un elefante un pelín inoportuno
El primer hipopótamo en la luna
Pequeños monstruos
Abuelasaurio

AGRADECIMIENTOS

Me gustaría dar las gracias a...

Tony Ross, ilustrador, que cuando tenía seis años llenó una lata de renacuajos, la dejó en el cuarto de su abuela y se olvidó de ella... hasta que, varias semanas más tarde, los gritos de la buena mujer se la recordaron ¡mientras docenas de ranas saltaban sobre su cama!

Ann-Janine Murtagh, mi editora, que de pequeña se negaba a dormirse por las noches hasta que todos y cada uno de sus seis hermanos mayores le contaban un cuento, ¡con lo que a menudo se acostaban bien pasada la medianoche!

Charlie Redmayne, jefazo de la editorial HarperCollins, que dejó que castigaran a su hermana por haber sacado una gelatina de la nevera sin permiso cuando en realidad había sido él. Jamás ha reconocido la verdad, hasta ahora.

Paul Stevens, mi agente literario, que de pequeño le hizo un agujero al mejor traje de su padre.

Ruth Alltimes, mi editora de mesa, que con cinco añitos vertió una jarra de zumo de naranja sobre la cabeza de su hermana pequeña.

Rachel Denwood, directora editorial y creativa, que a la edad de seis años decidió comprobar cuántos guisantes le cabían en las fosas nasales.

Sally Griffin, diseñadora gráfica, que cuando tenía siete años cogió TODOS los narcisos del jardín de su mamá para venderlos en su «floristería».

Anna Lubecka, diseñadora gráfica, que de adolescente se cortó el pelo con unas tijeras de uñas.

Nia Roberts, directora artística, que a los seis años pintarrajeó las fotos de boda de sus padres con laca de uñas roja.

Kate Clarke, mi diseñadora de cubiertas, que de pequeña cortó el pañuelo preferido de su madre, que había costado una fortuna, para pegarlo en un collage que estaba haciendo.

Geraldine Stroud, directora de relaciones públicas, que con dos o tres añitos mezcló todos los cosméticos que había en el tocador de su madre, formó una especie de mejunje perfumado y lo esparció por toda la casa.

Sam White, mi publicista, que de pequeña se hizo pipí en la cama de su madre y no se lo dijo.

Nicola Way, directora de marketing, que a los cinco años raptó a su hermano pequeño y al perro ¡y se dio a la fuga durante toda una hora!

Alison Ruane, directora comercial, que cuando tenía diez años hacía galletas con guindilla y se las daba a sus hermanos pequeños.

Georgia Monroe, correctora, que de pequeña esparcía crema para el culito por toda la habitación ¡cuando se suponía que estaba durmiendo la siesta!

Tanya Brennand-Roper, mi audioeditora, que de pequeña recogía babosas del jardín y las dejaba en la cocina para que su madre chillara al encontrarlas.

David Walliams

INTRODUCCIÓN

A cargo de Raj, quiosquero.

Por favor, porfa, porfi, os lo ruego, os lo suplico, por lo que más queráis,

¡NO LEÁIS ESTE LIBRO!

Si ya lo habéis comprado, destruidlo. Si lo estáis hojeando en la biblioteca del barrio, sacadlo fuera, rasgad las hojas, pisoteadlo, volved a rasgarlo otra vez por si acaso y luego enterrad los trozos a gran profundidad. **Más vale asegurarse.**

Este libro ESPANTOSO, y os aseguro que es un espanto, sobre todo por la cantidad de faltas *hortográficas* que tiene, es una mala influencia para las mentes de los más pequeños. Da a los niños montones de ideas sobre cómo ser todavía más malos de lo que ya son, y os aseguro que algunos de ellos son para salir corriendo. Es un escándalo, y yo desde luego exijo que retiren este libro del mercado cuanto antes. Al señor **Walliloquesea** (o cómo se llame realmente, porque seguro que ese apellido se lo sacó de la manga) debería darle vergüenza.

¿Por qué no puede ese PAYASO gigante, que más parece un armario trajeado, escribir un buen libro sobre niños buenos que se portan bien? ¿Por qué no escribir una historia sobre una niña que rescata a un gatito o un cuento sobre un chico amable que ayuda a una mariposa herida a cruzar la calle o una historia sobre dos niños que se van al campo y cogen flores silvestres para su mamá, que está muy malita con un ligero dolor de cabeza?

Podría titularse

«LOS NIÑOS MÁS BUENOS, AMABLES Y ENCANTADORES DEL MUNDO ENTERO».

Pero no.

Lo que tenemos aquí es un PORRÓN de historias sobre niños cuyos traseros no paran de soltar ventosidades, que adiestran a sus piojos para que hagan cosas terribles y que se hurgan la nariz sin descanso hasta amasar el moco más grande del mundo.

La clase de niños a los que JAMÁS dejaría entrar en mi quiosco, que, dicho sea de paso, ha sido elegido recientemente el mejor de toda la calle, algo que me llena de orgullo.*

* MI QUIOSCO ES, HOY POR HOY, EL ÚNICO DE LA CALLE. DICHO LO CUAL, DEBO AÑADIR QUE QUEDÓ SEGUNDO EL AÑO PASADO EN UNA ENCUESTA SOBRE EL MEJOR QUIOSCO. LA LAVANDERÍA AUTOMÁTICA SE LLEVÓ EL PRIMER PUESTO.

Yo jamás dejaría que los niños francamente DETESTABLES que salen en este libro se aprovecharan de los ofertones que tengo en mi tienda, como el de las 103 piruletas con polvos picapica por el precio de 102 o el de «Compra tu peso en caramelos y ¡llévate uno gratis! ¡Corre, que se acaban!».**

** EN REALIDAD NO SE ACABARÁN, TENGO CARAMELOS PARA PARAR UN TREN, Y ESTÁN CADUCADOS, ASÍ QUE NO CORRÁIS. CON QUE CAMINÉIS A BUEN RITMO YA ME VALE.

Y lo peor de todo es que apenas salgo en este libro. ¡¿Habrase visto?! ¡Yo soy, de lejos, el más listo y atractivo de todos los personajes que han salido jamás de la mente enferma y retorcida del señor Walliloqueseaquesemenea! Sin embargo, mi participación se ha visto reducida a una escueta introducción, con órdenes estrictas de no sobrepasar las dos páginas. ¡Dos páginas! ¿Cómo se atreve Walliloqueseaqueestáfataldelaazotea? A mí, el

GRAN RAJ DEL FAMOSO QUIOSCO DE RAJ

ÍNDICE

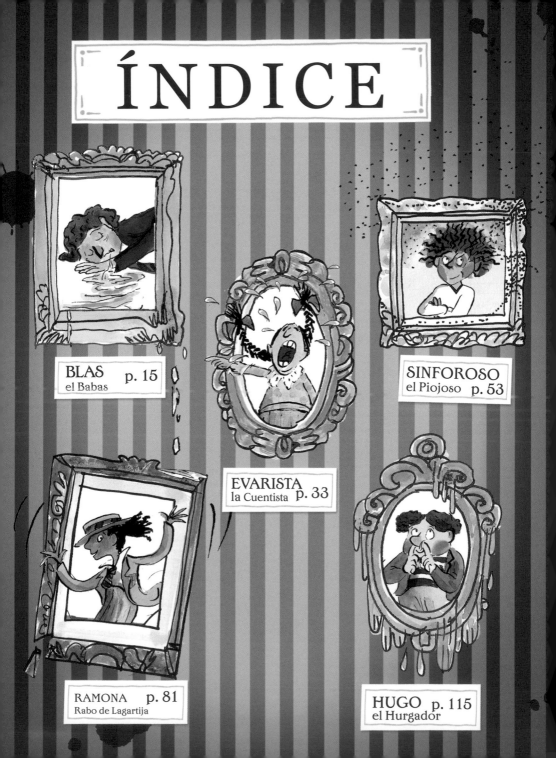

BLAS p. 15
el Babas

SINFOROSO el Piojoso p. 53

EVARISTA la Cuentista p. 33

RAMONA p. 81
Rabo de Lagartija

HUGO p. 115
el Hurgador

ROSA
la Roñosa   p. 135

AITOR   p. 159
el Atizador

ANACLETA
Pedorreta p. 187

AGUSTÍN p. 217
el Aguafiestas

SOFIA p. 249
Sofá

BLAS
el Babas

Érase una vez un chico llamado Blas. Blas **babeaba** mucho. No es que de vez en cuando se le escapara un hilillo de baba mientras dormía. No, lo suyo eran babas A ESCALA INDUSTRIAL. He aquí un chico que podía producir litros y más litros de babas al día.

Tal vez os preguntéis por qué **babeaba tanto el**

bueno de Blas. Veréis, lo hacía porque era un individuo increíblemente vago. Si le dejaran, era capaz de dormir 24 horas al día, **7 días por semana, 365 días al año**. Y, mientras dormitaba, Blas babeaba.

ZZZZZzzz...

¡CHOF!

... hacía su baba al caer al suelo.

ZZZZZZzzz...
¡CHOF!

Los días de cole, había que sacarlo a rastras de la cama. Si le dejaran salirse con la suya, lo llevarían cada día hasta la escuela acostado en una cama sobre ruedas. Y, nada más llegar a clase, se pondría a dormir otra vez.

ZZZZZZzzz...
¡CHOF!
ZZZZZZZZZZZZzzz...
¡CHOF!

A Blas nada le gustaba más que echarse una cabezadita durante las clases. En cierta ocasión hasta se había llevado un saco de dormir al cole, para poder saltarse todas las asignaturas de una sola siesta.

Dormir en Educación Física no era tarea fácil, pero Blas se las arreglaba. Si había partido de fútbol pedía ser el portero y se ponía a roncar en lo alto de la portería. Cuando alguno de sus compañeros marcaba un gol, protestaba porque lo despertaban con sus gritos de celebración.

Como se pasaba el día dormido, Blas siempre sacaba muy malas notas.

Cuando dormitaba en clase, llenaba el pupitre de babas.

ZZZZZZZZZ...
¡CHOF!
ZZZZZZZZZZZZZZZzzz...
¡CHOF!
ZZZZZZZZZZZZZZZZZzzzzzz...
¡CHOF!

La **saliva** iba g o t e a n d o hacia el suelo, donde se formaba un **charco de babas.** Cuando **TOCABA** Historia, la asignatura más detestada por Blas, en lugar de un charco se formaba una especie de gran laguna.

Nadie sabía muy bien qué contenía la baba de Blas. Era transparente como el agua, pero **densa** y **pegajosa** como la cola. Un día su profesora de Historia, la señorita Pretérita, se fue hacia él a grandes zancadas para **reñirle** por haberse quedado dormido otra vez en clase.

La pobre mujer **resbaló** en las **babas**, patinó en el suelo y salió volando por la **ventana**. ¡AAAAAAYYYYY!

La encontraron patas arriba en unos arbustos, con la falda de lana por SOMBRERO y las **bragotas** ondeando al viento.

El día que empieza nuestra historia, había una excursión al

·MUSEO DE HISTORIA NATURAL·

El museo era un lugar asombroso, repleto de toda clase de tesoros, desde piedras lunares a esqueletos de dinosaurios. Hasta albergaba la réplica a escala real de una ballena azul. Cuando el autobús escolar en el que viajaba la clase de Blas aparcó delante del museo, el señor Soporífero, que era el profesor de Ciencias Sociales, repartió sus temidas fichas de estudio.

—¡Atentos, niños! Quiero que apuntéis en estas fichas todas las cosas que vais a ver expuestas en el museo.

—¿De verdad tenemos que hacerlo, señor? —preguntó **Blas el Babas**, reprimiendo un bostezo. Estaba agotado de tanto dormitar en el autobús y solo pensaba en irse a la cama. A sus pies había un gran charco de babas.

—¡Sí, Blas, tenemos que hacerlo¡ —contestó el profesor a grito pelado—. ¡Y quiero verte despierto durante toda la visita! —El señor Soporífero se volvió hacia el resto de la clase—: A ver, chicos, el alumno que apunte el mayor número de piezas expuestas tiene el sobresaliente garantizado. Así que no os despistéis.

Nada más entrar por las grandes puertas de madera del museo, los niños se quedaron boquiabiertos ante un inmenso esqueleto de **diplodocus**. Excepto Blas, que se limitó a BOSTEZAR.

Luego se apartó del grupo y buscó un rincón para echar una siesta. Lo encontró en lo alto de una vitrina de cristal que albergaba un ejemplar disecado de dodo, un pájaro que se había extinguido siglos atrás. Seguro que allí arriba nadie lo molestaría.

Blas trepó a lo alto de la vitrina usando una jirafa disecada a modo de escalera.

Una vez arriba se tumbó y cerró los ojos. Y luego se quedó profundamente dormido. Y se puso a **babear**... ... y a **babear**... ... y a **babear** sin parar.

El chico era capaz de dormir en cualquier lugar y circunstancia: de pie en un concierto de rock, colgado ABAJO BOCA de la rama de un árbol o incluso en la montaña rusa, mientras todos a su alrededor se desgañitaban de emoción.

Ese día, Blas se quedó tan profundamente dormido que seguía roncando cuando el · MUSEO DE HISTORIA NATURAL · cerró sus puertas. Nadie se dio cuenta de que aún estaba allí cuando se apagaron las luces.

Durante toda la noche, Blas durmió a pierna suelta, y mientras dormía iba soltando un reguero de baba.

ZZZZZZZZZZZZZZ...

¡CHOF!

ZZZZZZZZZZZZZZZZZZ...

¡CHOF!

ZZZZZZZZZZZZZZZzzzzzzz...

¡CHOF!

Blas babeó, babeó y babeó sin parar. El charquito de babas que había debajo de su cuerpo no tardó en convertirse en un lago que, con el paso de las horas, se transformó en un mar de saliva. Al amanecer, un océano de babas inundaba todo el • MUSEO DE HISTORIA NATURAL •

Por la mañana, Winston, el fornido guardia de seguridad, llegó puntual a primera hora para abrir las puertas del museo, como hacía todos los días. Pero aquel no sería un día cualquiera. La primera cosa rara que Winston se encontró fue un líquido transparente que rezumaba por debajo de las puertas.

—Qué extraño —se dijo—. Puede que uno de los conservadores se dejara un grifo abierto.

A continuación, el guardia de seguridad hundió la punta de la bota en el líquido y se dio cuenta de que no era agua. Fuera lo que fuese aquello, tenía una consistencia **DENSA** y **VISCOSA**.

Preocupado por la posibilidad de que hubiera una inundación en el museo, Winston abrió las puertas de madera gigantes tan deprisa como pudo.

Nada podría haberlo preparado para lo que ocurrió entonces...

¡SPLAAASH!

UN TSUNAMI de babas se lo LLEVÓ por delante y lo arrastró calle ABAJO a toda velocidad.

—¡MAMAÁ! —gritaba el hombretón como si fuera un bebé.

A su alrededor flotaban algunas de las piezas más grandes del museo: un oso polar disecado, la réplica a escala real de una ballena azul e incluso el **esqueleto de diplodocus**.

Todos iban a la deriva por las calles de Londres, arrastrados por aquel impetuoso río de **babas**.

En lo alto de la vitrina de cristal que albergaba el dodo estaba Blas. Con todo aquel jaleo, se había despertado al **fin** de su larga siesta para descubrir que la riada provocada por sus propias babas **arrasaba** con todo lo que encontraba a su paso.

Coches, camiones e incluso autobuses se veían arrollados por la corriente de babas y flotaban a merced de *aquella* colosal inundación.

Blas saltó de la vitrina de cristal al tejado de un edificio cercano.

Desde aquella atalaya vio desfilar **más piezas** del museo.

Huevos gigantes,

un gorila disecado,

la réplica de un elefante.

El chico metió la mano en el bolsillo de la chaqueta. Aún llevaba encima la ficha de trabajo que le había dado el señor Soporífero al empezar la visita al museo. Blas se puso a **tomar nota** de todo lo que veía.

Todas y cada una de las piezas expuestas en el museo fueron pasando ante sus ojos, arrastradas por la corriente, y él las fue apuntando una a una.

**Piedra de Marte,
cráneo de neandertal,
busto de mármol
de Charles Darwin,
calamar gigante,
buitre disecado, simulador
de terremotos,
réplica de T-Rex...**
La lista era
interminable.

**Caballito de mar
conservado en formol,
maqueta de volcán,
fósil de pez prehistórico,
traje espacial, jirafa disecada,
anciana aferrada a su carrito de la compra**
—un momento, ¡es una anciana de verdad!—,
réplica de mamut lanudo...

Hay que decir en su descargo que **Blas el Babas** se pasó horas apuntando todo lo que veía mientras aquel imparable río de **saliva** arrastraba todos los tesoros del museo hasta el mar.

Al día siguiente, al llegar a clase, Blas entregó su ficha al señor Soporífero, todo orgulloso. Salvo por unas pocas manchas de **baba**, era un trabajo impecable. Tras revisar las fichas de todos los alumnos, el profesor anunció el resultado.

—¡El alumno que más piezas ha anotado, y que por tanto se lleva el sobresaliente, es sin lugar a dudas Blas!

Por primera vez en su vida, Blas era el mejor de la clase.

¡Lástima que justo después lo **expulsaran** de la escuela!

Como castigo por haber destruido todo lo que había en el

• MUSEO DE HISTORIA NATURAL • , Blas tuvo que trabajar a las

órdenes de los conservadores del museo, que le encargaron

la tarea de volver a montar el **esqueleto de diplodocus** que

mientras tanto se había rescatado del fondo del mar.

No podía parar hasta que hubiese **terminado** aquel

gigantesco

rompecabezas.

Blas el Babas

no pegó ojo

en los siguientes

diez

años.

¡ESTA HISTORIA ES DEMASIADO BABOSA!

EVARISTA
la Cuentista

EVARISTA TENÍA MUY MAL GENIO. Y cuando se enfadaba se ponía a llorar como una magdalena, daba alaridos, pataleaba. Solo tenía ocho años, pero siete los había pasado haciendo **berrinches**.

Se ponía hecha una FURIA

por cualquier cosa.

Los ruidos
El silencio
Las luces fuertes
La oscuridad
Los perros
  grandes
Los perros pequeños
Los perros medianos
Los roedores
  de cualquier clase
Los calcetines rojos
Las ranas
Los sapos
Los
  renacuajos (esos los que más)
Las pelotas
Los fuegos artificiales
El polvo
El calor
El frío
Los patos,
  los gansos
  y los cisnes
El zumo de naranja
  con tropezones
Las tostadas
  churruscadas
Las teteras
Las pegatinas
La hierba mojada

Los bancos
  de los parques
Los hombres con tatuajes
Los aviones ruidosos
El color morado
El pelo de gato
La lluvia
Los toboganes
  acuáticos
El barro
Cualquier cosa hecha
  de plástico
Los petardos navideños
Las galletas de pasas
  con pasas
Los castillos inflables
Los olores de
  cualquier tipo,
  incluso los agradables
Las nubes
Los bigotes
Las verduras
Los eructos
Los cejijuntos
Los pelillos
  de la nariz
Los pelillos
  de las orejas
Los sombreros

La niña tenía un hermano pequeño que se llamaba Guille. Desde el día que nació, Evarista le hacía la vida **imposible**. No soportaba tener que competir con él por la atención de sus padres. Un día, Evarista descubrió algo **maravilloso**, un truco que consistía en llorar como si la estuvieran matando y luego **echarle la culpa** a su hermanito. ¡Cuanto más lloraba, más atención LE prestaban!

Así que la niña empezó a **inventar** toda clase de mentiras **malvadas** para que su hermano Guille quedara como el malo de la película. Su patraña preferida consistía en ponerse a **llorar** a lágrima viva en su habitación, fingiendo que su hermano le había hecho daño. Cuando su madre subía las escaleras a toda prisa para ver qué había pasado, Evarista farfullaba entre lagrimones:

—¡Mamá, ha sido **Guille**! ¡Me ha pellizcado... muy fuerte... en el **brazo**!

A veces, para conseguir que la mentira resultara más creíble, Evarista llegaba incluso a pellizcarse a sí misma, y luego enseñaba la diminuta **MARCA** roja del brazo como prueba de lo ruin que era su hermano.

—¡BUUUAAAAAAAAAAAAAAAAA —bramaba.

Entonces su madre se iba hecha una furia a la habitación de al lado, la de Guille, para pedirle explicaciones. Por lo general, el pequeño estaba leyendo o jugando tranquilamente después de haberse puesto unos tapones para los oídos. Llevaba toda una vida soportando los **berrinches** de Evarista, así que se había fabricado unos tapones con dos nubes de **malvavisco** para poder dedicarse a sus cosas sin volverse loco.

—¿Por qué has pellizcado a tu hermana, con lo buena que es? —le preguntaba su madre.

—¿Qué? —replicaba Guille. No oía nada con las **nubes** metidas en las orejas.

—¿Y por qué llevas esas **nubes** metidas en las orejas?

Guille se sacaba los tapones de **malvavisco** y proclamaba su inocencia.

—Pero ¡si no la he tocado, mamá! —aseguraba el chico—. ¡Llevo todo este rato leyendo en mi cuarto!

AAAAAAAAAAAAAA!

—No esperarás que me lo crea, ¿verdad? —replicaba su madre—. ¡Esta noche te quedas sin **postre**, que lo sepas!

—Pero…

—¡Castigado sin **postre** toda la **semana**!

—Pero…

—¡Castigado sin **postre** todo el **mes**!

El chico no tardó en comprender que estaba mejor calladito. Le dolía quedarse sin **postre**, aunque no tanto como le hubiese dolido a su hermana. Evarista era muy aficionada a los *dulces*. Más incluso que a los berrinches.

Un día, en la pastelería del barrio, hasta le propuso al dueño **cambiar** a su hermano por un trozo de pastel de chocolate. Era un **buen** trozo, pero aun así…

Además, si Guille se quedaba sin **postre**, Evarista tenía permiso para comerse su parte. ¡DOBLE **ración**! Lo único que tenía que hacer para conseguirlo era revolcarse en su cama y montar un **berrinche**.

El día que empieza nuestra historia la madre de Evarista estaba en el jardín, regando sus adoradas rosas, mientras su marido cortaba el césped. Cuando vio a sus padres fuera, Evarista tuvo una idea diabólica. Era el más malvado de todos los **planes** que se le habían ocurrido hasta entonces, y de una sencillez apabullante, lo que lo hacía todavía más genial. He aquí el plan: Evarista se arrancaría un mechón de pelo y se pondría a **chillar** como si la estuvieran torturando. Cuando sus padres entraran en casa corriendo, el dedo acusador señalaría al pobre Guille. Arrancarle un mechón de pelo pasaría por ser la peor fechoría del niño hasta la fecha. Peor que los **pellizcos**, los **CODAZOS**, las **MORDEDURAS**, las **patadas** o las **ZANCADILLAS**. Seguro que lo mandarían derecho a un orfanato, y entonces Evarista tendría DOBLE —o puede incluso que TRIPLE— ración de **postre** todas las noches para el resto de su vida.

Sería maravilloso.

¡Dulces, dulces y más dulces!

La **malvada** niña se fue de puntillas hasta la habitación de su hermano para asegurarse de que estaba allí. En efecto, estaba haciendo los deberes sin molestar a nadie, con los **tapones** puestos, como de costumbre.

Entonces Evarista volvió a su cuarto sin hacer ruido, se miró al espejo y empezó a ejecutar su plan. Se llevó la mano a la cabeza y cogió un mechón de pelo. Cerrando los ojos, tiró con todas sus fuerzas. Por una vez, no tuvo que fingir el llanto. Sintió un dolor tan intenso que no pudo evitar chillar.

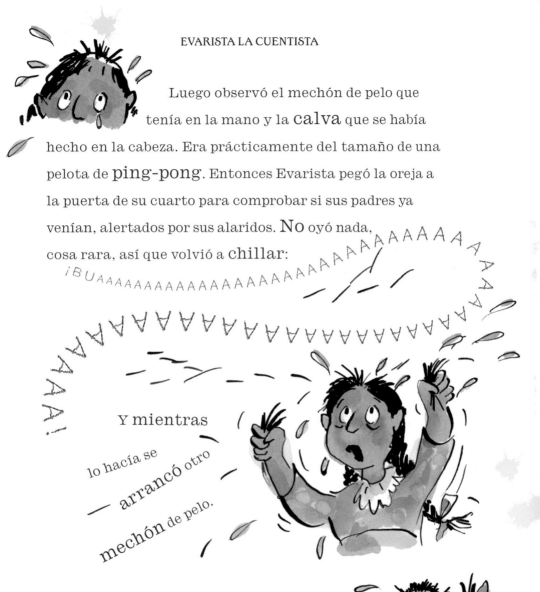

Luego observó el mechón de pelo que tenía en la mano y la calva que se había hecho en la cabeza. Era prácticamente del tamaño de una pelota de ping-pong. Entonces Evarista pegó la oreja a la puerta de su cuarto para comprobar si sus padres ya venían, alertados por sus alaridos. No oyó nada, cosa rara, así que volvió a chillar:

¡BUAAAAAAAAAAAAAAAAAAAAAAAAAAAAAAAAAAAAAAAAAAAA!

Y mientras

— lo hacía se arrancó otro mechón de pelo.

Ahora tenía otra calva, pero esta vez del tamaño de una pelota de TENIS.

Y sin embargo, nadie venía en su auxilio.

Evarista repitió la jugada.

¡BUAAAAAAAA!

Y otra vez.

¡BUAAAAAA!

Y otra vez.

¡BUAAAAAAA!

¡BUAAAAAAAAAA!

¡BUAAAAAAAAAA!

¡BUAAAAAAA!

¡BUAAAAAAA!

¡BUAAAAAA!
¡BUAAAAAAA!
¡BUAAAAAAAAAAA!
¡BUAAA!
¡BUAAA!
¡BUAAA!
¡BUAAA!
¡BUAAA!
¡¡¡BUAAA!!!

La cabeza le dolía horrores y los ojos le escocían de tanto **llorar**. Apenas veía lo que hacía por culpa de las lágrimas.

Y sin embargo Evarista **siguió** arrancándose

mechón tras

mechón

de pelo.

Hasta que al fin, secándose las lágrimas, se miró en el espejo. Se había quedado **completamente calva**, salvo por **un** cabello solitario que despuntaba en lo alto de la cabeza.

Justo entonces, oyó un ruido y se le fueron los ojos hacia la puerta de la habitación. ¡Cuál no sería su **espanto** al descubrir que sus padres y su hermano la estaban espiando por una rendija!

Evarista se los quedó **mirando** unos instantes, sin salir de su asombro, y ellos le **devolvieron** la mirada.

¿Cómo iba a explicar lo que había hecho?

Evarista no sabía qué hacer, así que recurrió al truco de siempre. Hizo pucheros y empezó a bramar.

¡BUAAAAAAAAAAAAA!

Nunca fallaba.

¡BUAAAAAAAAAAAAA!

Hasta ESE día.

—¿Por qué demonios estás llorando? —preguntó su padre.

—Porque... porque... ¡el bestia de mi hermano me ha arrancado TODO el pelo! —exclamó la niña entre sollozos fingidos.

Guille no pudo evitar *sonreír* un poco al ver a su malvada hermana calva como una bola de billar, ¡porque por fin la habían pillado con las manos en la MASA!

—¡La verdad es que aún te queda un pelo en lo alto de la cabeza! —dijo el niño con retintín.

Evarista volvió a mirarse en el espejo. Aquel pelo solitario se veía de lo más raro, así que se lo arrancó con los dedos.

—Eso no puede haberte dolido —protestó Guille—. No era más que un pelo suelto.

Evarista empezaba a desesperarse.

—Pero... pero... ¡TÚ me has arrancado todos los demás, Guille! ¡Eres el niño más MALO del mundo!

—Llevamos aquí diez minutos, jovencita —la informó su madre.

—Lo hemos visto todo —añadió su padre.

Una **sonrisa** de satisfacción iluminó el rostro de Guille.

—Pe-pe-pero… —protestó Evarista.

—¡No hay duda de que llevas mucho tiempo montando estos numeritos! —la acusó su madre.

—Pe-pe-pe-pe-pero…

—Castigada sin **postre**, jovencita…

—anunció su padre.

Evarista **paró** de protestar. El castigo —un día **sin** **postre**— no parecía demasiado severo. De todos modos, tenía un alijo de chocolate escondido debajo de la cama. Miró a su hermano como diciéndole que se había salido con la suya. Entonces, como si fuera una boxeadora profesional, su madre le asestó el **golpe definitivo**.

—… **¡PARA EL RESTO DE TU VIDA!**

Evarista se quedó helada. Aquello era peor que quedarse calva. ¡Nada de **postre**, nunca más! Pero ¡es que a Evarista le encantaban los **dulces**! Si pudiera, no comería otra cosa que **dulces**, **dulces** y más **dulces**. ¿Cómo podía nadie vivir sin

ni

PASTEL DE CHOCOLATE

helado

ni

berlinesas

ni

ni

bizcocho

ni

COPA HELADA

tartaletas

ni

ni

pastelillos

arroz con leche

ni

tarta de manzana

ni

gelatina

ni

ni

Flan de huevo

ni

magdalenas

ni

natillas

BRAZO DE GITANO

ni

ni

mousse de chocolate

fresas con nata

ni

a ser posible, todo

de **una** sentada?

uesitos de santo

—¡Jolines, mamá! —protestó la niña—. ¡No lo dirás en serio! ¿Nada de **postres**... para siempre?

—¡Para siempre jamás! —replicó su madre, furiosa solo de pensar que su hija la había engañado durante tanto tiempo.

A partir de ese día, Evarista tuvo que ver cómo su hermano se chupaba los dedos no solo con su **postre**, sino también con el que le hubiese correspondido a ella.

¡Postre DOBLE!

Casi todas las noches, la madre de Guille le cedía también su propio postre, para compensar al niño por haberlo castigado injustamente durante años.

¡Postre TRIPLE!

Y no era raro que le dieran permiso para zamparse también el **postre** de su padre.

¡Postre CUÁDRUPLE!

Para Evarista era una **tortura** ver a su hermano comiendo todos sus **dulces** preferidos noche tras noche mientras ella no tenía derecho a probarlos siquiera.

Tarta de almendra,

Brazo de gitano,

Gelatina...

¡Guille no dejaba ni una miga en el plato!

Para colmo, mientras se zampaba los dulces, el niño solía pellizcar a su hermana en las piernas por **debajo** de la mesa.

—¡Me ha **pellizcado!** —chillaba Evarista.

Pero **nadie** la creía.

EVARISTA
LA CUENTISTA

había **contado**

demasiados **cuentos.**

SINFOROSO
el Piojoso

Los PIOJOS PICAN. Los piojos muerden.

Los piojos «puerden».

Los piojos son una lata.

Pero no para Sinforoso, un chico que no se cansaba de tener piojos. De hecho, aspiraba a tener la cabeza **repleta** de estos parásitos.

Nuestra historia empieza la mañana que Sinforoso se despertó y descubrió que tenía un piojo en el pelo. Cualquiera en su lugar se habría sentido horrorizado, pero no Sinforoso. Él estaba encantado de la vida.

Hasta le puso nombre: PIOJÍN. Sinforoso no tenía perro, ni gato, ni hámster, así que trataba al piojo como si fuera una mascota. No se peinaba jamás (los piojos odian los peines), y no tardó en tener una mata de pelo *espesa* y **rebelde** como un gran arbusto frondoso.

Un paraíso para los piojos.

ANTES

DESPUÉS

Sinforoso alimentaba a Piojín con pedacitos de caspa (a los piojos les chifla la caspa) y planeaba adiestrarlo para hacer algún número de circo, como saltar de un lado a otro de su cabeza.

Poco después, Sinforoso oyó decir que había otra niña en el cole con piojos. Se llamaba Marta Martínez. Sinforoso quería los piojos de Marta más que nada en el mundo. ¡Quería tener piojos, piojos y más piojos! Durante el recreo, Sinforoso persiguió a la pobre chica por todo el patio.

—¿Qué quieres de mí? —preguntó Marta entre lágrimas—.
¡No me apetece jugar al pillapilla!

—¡Quiero tus piojos! —contestó el chico.

—¡¿Mis piojos? ¿Te has vuelto LOCO?! —gritó la chica.

—¡Sí, los piojos me vuelven LOCO! —replicó Sinforoso.

En ese instante el chico tropezó con un monopatín y salió
volando por los aires en dirección a Marta.

¡CATAPLÁN! Sus cabezas chocaron entre sí y, en un visto y
no visto... Los piojos de Marta saltaron a la cabeza de Sinforoso.

Un poco aturdido todavía, el chico sonrió de felicidad.
Ahora Piojín tendría compañía.

Al día siguiente Sinforoso oyó hablar de un chico del cole
que también tenía piojos: Pedro Pérez. No veía la hora
de quitárselos, así que persiguió a Pedro por el pasillo hasta
que lo arrinconó en los lavabos.

El chico se encerró en uno de los retretes, temblando de miedo, pero Sinforoso no estaba dispuesto a rendirse. Trepó hasta lo alto del reservado contiguo y se descolgó boca abajo. Su cabeza y la de Pedro se tocaron.

Una vez más, los piojos saltaron sin dudarlo a la cabeza de Sinforoso.

¡BOING!

Ni siquiera el gato del cole estaba a salvo de la avaricia piojera de Sinforoso. Cuando se enteró de que Bigotes también tenía piojos, persiguió a la pobre criatura por todo el campo de fútbol. Nada más atrapar al animal, se lo pegó a la cabeza con cinta adhesiva. Parecía una peluca muy poco natural.

Uno tras otro, los piojos del gato se trasladaron a la cabeza de Sinforoso.

Poco después el chico tenía tantos piojos en la cabeza que hasta sus piojos tenían piojos. Dejó de contarlos cuando llegó a un millón tres.

* * *

Tal vez os preguntéis para qué quería Sinforoso tener la cabeza llena de piojos. Dejad que os lo cuente. Desde que era pequeño, Sinforoso se pasaba el día leyendo cómics. El chico era bajito para su edad (si no contamos la mata de pelo indomable) y soñaba con ser **fuerte** y **poderoso** como los personajes de los tebeos. Sin embargo, Sinforoso venía de una familia normal y corriente. No tenía la suerte de que lo hubiese

mordido una **ARAÑA RADIACTIVA**, ni de haber nacido en un **PLANETA LEJANO**, ni de haber sido adoptado por una familia de **MURCIÉLAGOS**.

Además, los superhéroes le parecían un poco aburridos, siempre haciendo el bien sin mirar a quién. Los SUPERVILLANOS eran mucho más divertidos. Y así fue como al **granuja** de Sinforoso se le ocurrió un plan.

Una buena mañana, mientras se cepillaba los dientes en el lavabo, se observó en el espejo. Más que un **arbusto**, su pelo parecía ahora un bosque impenetrable. Sinforoso no recordaba la última vez que se lo había cortado o peinado.

Alrededor de su pelo selvático pululaban **millones** de piojos que formaban una oscura aureola en torno a su cabeza.

—Por fin ha llegado el gran día. ¡Mi superpoder piojístico está **listo**! A partir de hoy, el mundo me conocerá como...

¡PIOJOMÁN!

Lo mejor de todo era que **ningún** otro supervillano tenía ese nombre.

Ahora que había reunido todos los **piojos** que necesitaba, Sinforoso se propuso conseguir un **traje** de **supervillano**. Por suerte, a su tía Patricia se le daba muy bien coser y le hizo uno en menos que canta un gallo.

Aquí lo tenéis...

Capa hecha con una falda de su madre

La pe de Piojomán cosida en la pechera

Un viejo slip de su padre

Leotardos de la abuela

Botas de agua

Sinforoso tenía un **superpoder**.

Tenía un **nombre**.

Tenía un **traje**.

¡Era *PIOJOMÁN!*

Y no tardó en empezar a tramar SUPERVILLANERÍAS.

A la mañana siguiente entró tan campante en la escuela, con su capa **ondeando** al viento. Sinforoso había jurado que lo **primero** que haría sería vengarse de su profesor de Ciencias Naturales, el señor Retahíla. A Sinforoso las ciencias naturales le parecían lo más aburrido del mundo y se pasaba la mayor parte de la clase leyendo tebeos. El señor Retahíla lo había castigado sin patio una y otra vez. Ahora **PIOJOMÁN** estaba plantado en la puerta del aula. Al principio los demás niños se rieron a carcajadas, pues con aquel traje y aquella pelambrera enmarañada el aspirante a SUPERVILLANO les parecía de lo más ridículo. —**¡JA, JA, JA!**

Sin embargo, las risas no tardaron en dar paso a un silencio sobrecogido cuando **PIOJOMÁN** dio su primera orden en voz alta: —**¡PIOJOS, DISPERSAOS!**

Los millones de piojos que pululaban alrededor de su cabeza formaron una masa negra y compacta a su lado.

—Sinforoso, ¿puede saberse **qué demonios** crees que estás haciendo? —preguntó el señor Retahíla.

—**¡PIOJOS! ¡AL ATAQUE!** —gritó el chico.

Los piojos envolvieron al profesor de Ciencias Naturales y lo pellizcaron por todas partes con sus diminutas garras.

—**¡Argh!** —exclamó el señor Retahíla, que se fue del aula corriendo como alma que lleva el diablo.

Todos los alumnos pegaron el rostro a las ventanas para ver al desdichado profesor en plena huida.

El hombre probó de todo para intentar quitarse a los piojos de encima. Hizo cabriolas, dio vueltas y más vueltas y hasta se abofeteó mientras corría por la cancha en dirección al lago del jardín, donde se zambulló sin dudarlo con un gigantesco

¡SPLASH!

Finalmente había conseguido librarse de la mayor parte de los piojos, aunque para ello había tenido que sumergirse en un lago de agua verde y tenía una gran rana sobre la cabeza. **PIOJOMÁN** sonrió para sus adentros. ¡Qué bien se lo iba a pasar!

Lo siguiente que hizo fue cruzar el patio a grandes zancadas en dirección al comedor escolar. La encargada del comedor, la señora Mustia, era una bruja en toda regla. El brócoli hervido era su plato estrella. Pidieras lo que pidieses, así fuera un flan de huevo con nata, la señora Mustia le echaba encima varios cucharones de aquella bazofia verde y blandengue. Luego se dedicaba a recorrer las mesas arriba y abajo, haciendo girar el cucharón entre los dedos como si fuera un bastón de mando y amenazando con romper los nudillos a los niños que no dejaran el plato limpio y reluciente.

Sinforoso detestaba el brócoli. Si Superman temía a la criptonita, **PIOJOMÁN** retrocedía aterrado ante esta verdura. Pero ahora se disponía a vengarse de la mujer que lo había obligado a comer toneladas de brócoli.

—Sinforoso… —le dijo la señora Mustia—. ¿Por qué llevas los calzoncillos por fuera de los pantalones? **¡Ja, ja, ja!**

Pero la sonrisa se le borró del rostro en cuanto **PIOJOMÁN** pronunció su nueva orden.

¡PIOJOS!
¡AL **BRÓCOLI**!

—¡No consentiré que tus malditos piojos se acerquen a mi delicioso brócoli! —protestó la encargada del comedor.

Demasiado tarde. Los piojos formaron un torbellino que daba vueltas sin cesar. La señora Mustia vio atónita cómo aquel violento tornado succionaba sus preciosas bandejas de brócoli. Luego el torbellino empezó a disparar los trozos blandos y pastosos de verdura a la señora Mustia.

Una tras otra, las fofas cabezuelas de brócoli se estrellaron contra el rostro de la mujer, hasta que la señora Mustia se convirtió en un enorme revoltijo de color verde y aspecto vegetal.

A continuación **PIOJOMÁN** se proponía vengarse del
director de la escuela. El anciano señor Avinagrado lo
había castigado con la expulsión temporal después de que
los profesores lo sorprendieran diez veces leyendo tebeos
en clase. El director era un hombrecillo tímido, así que
PIOJOMÁN le daría un susto de muerte. Se fue al patio, se
plantó debajo de la ventana de su despacho y cerró los ojos
para concentrarse mejor.

—¡PIOJOS, **CAMBIO DE FORMA!** —ordenó.

Poco a poco, los diminutos insectos se fueron uniendo
entre sí para crear la forma de un piojo gigante. ¡Eran
capaces de leer los pensamientos de su amo! Mientras el
chico seguía con los ojos cerrados y cara de estar muy
concentrado, aquel inmenso piojo se elevó en el aire
hasta la ventana del director y dio unos golpecitos en el
cristal con su gigantesca garra.

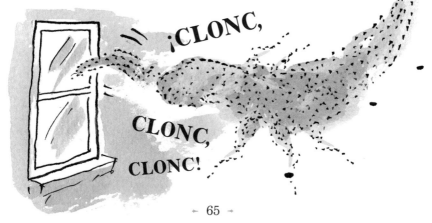

¡CLONC, CLONC, CLONC!

El señor Avinagrado se dio la vuelta en la silla y soltó un grito de terror.

¡AAARGHHH!

El piojo gigante golpeó la ventana con su cabezorro y rompió el cristal.

¡CATACRAC!

—¡SOCORRO! —chilló el director, que salió despavorido de su despacho. Mientras cruzaba el patio a la carrera, el señor Avinagrado vio un contenedor de basura con ruedas.

Sin dejar de mirar todo el rato a su espalda por si el piojo gigante lo perseguía, el hombrecillo empujó el contenedor con todas sus fuerzas y luego se metió dentro de un salto.

Cuando por fin PIOJOMÁN abrió los ojos, comprobó con gran deleite que el director daba tumbos por el patio, escondido en el contenedor.

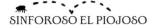

Hasta que se topó con un murete.

¡PUMBA!

El hombrecillo salió volando por los aires
y acabó estrellándose contra un árbol.

¡CATAPLÁN!

Los piojos se replegaron de nuevo
en la cabeza de su amo mientras Sinforoso
salía de la escuela con aire resuelto.

Su plan SUPERVILLANESCO no había hecho
más que empezar.

Poco después, **PIOJOMÁN** llegó a la plaza del mercado, que estaba abarrotada de gente en busca de gangas. Usando su ejército de piojos, Sinforoso escribió una palabra muy grosera en el cielo.

Una anciana se escandalizó tanto que se desmayó en el acto. Entonces **PIOJOMÁN** centró su atención en la juguetería del barrio. El SUPERVILLANO ordenó a los piojos que robaran absolutamente todo lo que había en la tienda, incluida la caja registradora.

El propietario persiguió al chico calle abajo, pero los piojos le **atizaron** en la cabeza con uno de sus propios ositos de peluche gigantes.

Y no vayáis a creer que aquí se **acabaron el caos** y la destrucción **desatados** por **PIOJOMÁN**.

De repente se oyó una sirena. Era la policía. **PIOJOMÁN** ordenó a sus piojos que atacaran el coche patrulla. El policía que iba al **volante no podía** ver nada por culpa de la nube de piojos y se empotró contra el escaparate de una óptica.

Nada podía detener a **PIOJOMÁN**. Se sentía invencible.

Pronto tendría el mundo entero a sus pies.

¡SALVE, *PIOJOMÁN!*

Esa noche, después de ponerse el pijama y de meterse en la cama —hasta los SUPERVILLANOS necesitan dormir—, Sinforoso repasó mentalmente sus malvados planes para el día siguiente.

Sin embargo, delante de su casa se había congregado una multitud de vecinos que iban armados no con antorchas y palos, como suelen hacer las hordas enfurecidas, sino con una variopinta selección de peines. Había que arrebatarle a **PIOJOMÁN** sus poderes, y solo había una forma de hacerlo.

Empezaron a corear:

¡QUE LO **PEINEN**, QUE LO **PEINEN**!

La multitud, cada vez más **enfurecida**, seguía gritando a pleno **pulmón**.

Sinforoso se levantó de un salto y se asomó a la ventana. Allá abajo había cada vez más gente que salía de sus casas para unirse a la manifestación.

Envuelto en un remolino de piojos, Sinforoso se quitó el pijama para convertirse en... **¡PIOJOMÁN!**

Salió a la calle con la cabeza bien alta y se enfrentó a la horda. Con las botas de agua y la capa ondeando al viento (aunque en realidad era una vieja falda de su madre), **¡PIOJOMÁN!** se sentía lo bastante fuerte para dominar el mundo **entero**.

Sus **millones** de piojos se habían multiplicado y eran ahora **billones**, o incluso **trillones**.*

Revoloteaban en torno a la cabeza del chico, impidiendo ver las estrellas.

*Sería difícil precisar con exactitud cuántos había, porque los piojos no paran quietos, así que contarlos es del todo **IMPOSIBLE**.

—¡AHÍ ESTÁ! —gritó alguien.

—¡ES *PIOJOMÁN!*

—¡A POR ÉL!

La multitud se precipitó hacia delante, blandiendo sus peines. La anciana que se había desmayado en la plaza del mercado sostenía un gran frasco de loción **Piojillos a la mar**. En la etiqueta ponía:

¡Ya está aquí el enemigo n.º 1 de los **PIOJOS***! Esta loción* ALTAMENTE TÓXICA *y de olor repugnante acaba al instante con todas las especies de piojos conocidas.* ¡RESULTADOS GARANTIZADOS! *¡Liquida los piojos hasta que quedan total, absoluta y rematadamente* **MUERTOS***!*

Incapaz de reprimir la ira por más tiempo, la anciana arrojó el frasco de loción a Sinforoso, pero este rebotó en su pelambrera, salió volando y la golpeó en la cabeza, dejando a la pobre mujer sin sentido.

El chico seguía resistiendo. Una vez más, dio órdenes a sus mascotas.

¡PIOJOS, ARRIBA!

Los piojos se reunieron y bajaron en picado para crear una especie de aerodeslizador bajo los pies de su amo. Luego lo levantaron del suelo como si pesara menos que una pluma.

La muchedumbre no salía de su asombro. ¡¡Aquel SUPERVILLANO podía incluso volar!!

El chico surcó el cielo nocturno

haciendo

acrobacias y luego planeó sobre la multitud.

—¡VOLVED A VUESTRAS CASAS O SUCUMBIRÉIS BAJO

EL PODER DE *PIOJOMÁN!*

Los vecinos empezaron a farfullar entre sí, desanimados.

Sabían que habían perdido la batalla, y sin embargo nadie se

movió de allí.

—¡DISPERSAOS! —ordenó *PIOJOMÁN* a la muchedumbre.

Pero los piojos debieron de pensar que se refería a ellos. No son

lo que se dice unas lumbreras. Que yo sepa, ningún piojo ha

llegado a neurocirujano o astronauta. Así que los piojos...

...SE DISPERSARON

Liderados por Piojín,

saltaron todos en direcciones distintas,

desapareciendo

en el cielo.

PIOJOMÁN miró hacia abajo y tragó

saliva mientras caía en p i c a d o.

El chico daba tumbos

en el aire y movía los

brazos como aspas de molino.

—¡SOCORRO!

La multitud se apartó y Sinforoso aterrizó de cabeza en el suelo. Por suerte, tenía tal **cantidad** de pelo que sobrevivió ileso a la caída.

—¡COGEDLO!

—gritó alguien.

Lo llevaron a rastras hasta la **peluquería** más cercana, donde le lavaron el pelo con **PIOJILLOS A LA MAR** y se lo cortaron muy corto.

Los piojos y las liendres que quedaban en su cabeza se **eliminaron** con ayuda de un peine especial, y Sinforoso tuvo que hacer una promesa ante todo el barrio.

—Juro **solemnemente** que no **volveré** a convertirme en **PIOJOMÁN** nunca jamás.

Puede que os sorprenda saber que, aunque era uno de los **peores** niños del mundo, Sinforoso se mantuvo fiel a su promesa. Nadie volvió a ver a **PIOJOMÁN** nunca más.

Sin embargo, al cabo de un tiempo, Sinforoso decidió **convertirse** en otro SUPERVILLANO.

A partir de ese día se hizo llamar...

¡HONGOMÁN!*

Un SUPERVILLANO que se negaba a usar chanclas en la piscina, desatando así una plaga de **hongos** mundial.

Y lo mejor de todo era que Sinforoso podía reutilizar la capa que, en realidad, era una vieja **falda** de su madre.

¡LOS HONGOS
NO TIENEN
NI PIZCA
DE GRACIA!

* Una vez más, por suerte, ese nombre estaba libre.

RAMONA
Rabo de Lagartija

Esta es la historia de una niña que nunca se estaba quieta. *Ramona Rabo de Lagartija* siempre estaba en movimiento. Ya fuera en clase, en la iglesia o incluso jugando a las estatuas, siempre había alguna parte de su cuerpo que no paraba. Podía ser un pie, un brazo o directamente todo el cuerpo.

Empezaba con un pequeño temblor que se transformaba en un meneíto, que se convertía en un zarandeo y que acababa en un

terremoto en toda regla.

Luego se liaba a dar volteretas por toda la habitación, sembrando el caos por donde pasaba.

Ramona no paraba de moverse ni cuando dormía. A veces las demás alumnas del internado para niñas pijas al que iba, **Villa Virtud**, oían un ruido a medianoche y al abrigo de las mantas espiaban a Ramona, que hacía piruetas de ballet por todo el dormitorio con los ojos cerrados.

Un día, la directora del internado, que era una señora muy fina, anunció a las alumnas de **Villa Virtud** que iban a hacer una excursión muy especial.

—¡Silencio, chicas! —ordenó la directora ante las alumnas allí reunidas. La señorita Mojigata llevaba el pelo recogido en un magnífico moño cardado y unas gafas de medialuna colgadas de una cadena de oro. Cuando se disponía a regañar a alguien (lo que ocurría a menudo), se ponía las gafas sobre la nariz para poder mirar fijamente a su víctima y conseguir así que temblara de *miedo*.

—Veamos, chicas, vamos a hacer una excursión a un lugar que yo, vuestra adorada directora, he escogido personalmente. Vamos a visitar mi museo de **PORCELANA** preferido. Ni que decir tiene que deberéis comportaros de forma ejemplar. No quiero ningún percance.

De pronto, todos los ojos se volvieron hacia **Ramona**.

«¡OH, NO!», pensaron las niñas *buenas* que se habían sentado en la primera fila.

«¡OH, SÍ!», pensaron las niñas *malas* que se habían sentado en la última fila.

Para colmo de males (o de bienes, dependiendo de si eras una chica buena o mala), Ramona no paraba de botar en la silla, como si fuera una pelota de esas con asas.

—La **PORCELANA** siempre ha sido una de mis grandes pasiones —continuó la directora, que era muy aficionada a los discursos interminables—. Ahora yo, vuestra adorada directora, deseo compartir esa pasión con todas vosotras. Este museo es el mejor de Europa. Todas y cada una de las piezas expuestas son antigüedades de gran valor. No habrá ni un solo «accidente». ¿Me he expresado con claridad? Por toda respuesta, las alumnas emitieron un débil murmullo.

—¡¡¡¿QUE SI ME HE EXPRESADO CON **CLARIDAD?!!!**

—repitió, esta vez a gritos.

—¡**Sí, directora!** —respondieron las niñas al unísono.

—¡Estupendo! Veamos, *señorita Ramona Rabo de Lagartija*, quiero verla en mi despacho enseguida.

La chica se puso roja como un tomate disfrazado de bombero. ¿Qué habría hecho esta vez?

Seguro que lo sucedido en el laboratorio de ciencias, cuando se había caído de espaldas mientras daba vueltas como una peonza, estaba más que olvidado. Es verdad que el experimento había salido fatal, y que el ácido había dejado un gran boquete en el suelo, pero Ramona había jurado y perjurado que se había tratado de un accidente.

Y **sí**, es verdad que el día del deporte su triple salto se convirtió en *óctuple* porque constó de ocho movimientos distintos, incluida una patada de kárate que alcanzó al alcalde y lo hizo **caer** del estrado.

Pero una vez más la chica había insistido en que todo había sido un **accidente.**

¿Y quién podría olvidar lo sucedido en el concierto de Navidad, cuando Ramona se puso a dar volteretas en la iglesia y **arrolló** al párroco, que salió despedido y **aterrizó de cabeza** entre el coro?

Pero todo había **sido accidental.**

No era culpa **suya** que no pudiera estarse quieta.

Ramona hasta tenía una nota de su **madre** que lo demostraba.

A la autoridad competente:

Mi querida hija, la señorita Ramona Rabo de Lagartija, no puede estarse quieta más de un segundo. No es culpa suya, por lo que no debe ser castigada de modo alguno si causa daños a la propiedad ajena, los edificios, las personas o los animales. Ruego traten con la máxima benevolencia a mi querida hija

Atentamente,

La madre de Ramona

Un poco nerviosa, la chica llamó a la puerta del despacho de la directora.

¡TOC! ¡TOC! ¡TOC!

—¡Adelante! —ordenó la mujer.

¡TOC! ¡TOC! ¡TOC! ¡TOC! ¡TOC!

La mano de Ramona no podía parar de llamar a la puerta.

—¡HE DICHO QUE **ADELANTE!** —repitió la directora con impaciencia.

Aun así, Ramona no podía dejar de llamar a la puerta una y otra vez.

¡TOC! ¡TOC! ¡TOC! ¡TOC! ¡TOC! ¡TOC! ¡TOC!

—¡Por el amor de Dios! —gruñó la directora.

La señorita Mojigata abrió la puerta de sopetón y Ramona le TOC-TOC-**TOC-TOQUETEÓ** la nariz.

—¡Ay!

¡PAF!

—Perdone, señorita Mojigata —se disculpó la niña, disimulando una sonrisa. Tenía su gracia ver a la gran dama hecha una furia.

—¡ENTRA EN MI DESPACHO AHORA **MISMO!** —ordenó la directora.

Ramona entró dando una voltereta en el despacho, que la señorita Mojigata siempre tenía en perfecto estado de revista. De hecho, en ese instante estaba allí una vieja sirvienta, sacando brillo a los trofeos de la escuela.

—¡Usted, fuera! —ordenó la señorita Mojigata, que era muy seca con aquellos a los que consideraba inferiores.

La sirvienta recogió los utensilios y se fue despacio hacia la puerta.

—¡Rápido! —la apremió la señorita Mojigata, y la pobre mujer apretó el paso hasta que por fin salió de la habitación.

—Tome asiento, *señorita Ramona Rabo de Lagartija* —dijo la directora. Ramona siguió sus órdenes al pie de la letra. Tomó un asiento, concretamente una silla, entre las manos y se puso a **dar vueltas** por todo el despacho.

—¡Que se siente, quería decir! —gritó la señorita Mojigata.

La chica depositó la silla en el suelo sin parar de rodar y luego se acomodó despacio en ella.

Tan pronto como su trasero tocó el asiento, Ramona sintió un deseo irreprimible de ponerse a dar botes, y eso hizo.

—¡Quieta! —ordenó la señorita Mojigata. Pero Ramona siguió rebotando arriba y abajo mientras la silla chirriaba al compás de sus saltos.

¡REBOTE, CHIRRIDO!
¡REBOTE, CHIRRIDO!
¡REBOTE, CHIRRIDO!

—Veamos, no hace falta que le diga que deberá comportarse de forma ejemplar durante esta excursión.

—Por supuesto, señorita Mojigata. No sabría comportarme de otro modo.

¡REBOTE, CHIRRIDO!
¡REBOTE, CHIRRIDO!
¡REBOTE, CHIRRIDO!

La directora no las tenía todas consigo. Se acercó las gafas de medialuna a los ojos y observó a la chica.

—Lo cierto es que ha dejado usted una estela de **destrucción** a su paso desde que ha llegado a Villa Virtud, que es el mejor internado para señoritas de todo el país. No hace falta que le recuerde el incidente que tuvo lugar ayer a mediodía en el comedor escolar. No se le ocurrió otra cosa que ponerse a hacer malabarismos con los boles de natillas, que acabaron vooolando por los aires y aterrizando en la mesa de los profesores.

—Por lo menos les ahorré la molestia de hacer cola para el postre, directora —replicó la niña. Si creía que así aplacaría a la señorita Mojigata, estaba muy equivocada.

—¡ACABÉ BAÑADA EN NATILLAS DE PIES A CABEZA! —exclamó la directora poniéndose roja de ira. Solo le faltaba hacer rechinar los dientes—. ¡Esta mañana todavía tenía natillas en una oreja!

—¿Y no se las comió, señorita? —preguntó la chica educadamente.

—¡No! ¡Por SUPUESTO que no! ¡REBOTE, ¡REBOTE, ¡REBOTE, CHIRRIDO! CHIRRIDO! CHIRRIDO!

Aquel ruidito empezaba a sacar de quicio a la directora, pero siguió con su enumeración.

—Y luego está el día que sembró usted el caos en la clase de Expresión Plástica. Se puso a correr y botar de aquí para allá y, antes de que nadie pudiera detenerla, había pintura por las paredes, las ventanas y hasta en el techo.

—La profesora de Plástica, la señorita Cartabón, dijo que en realidad le había gustado mi trabajo de redecoración.

La directora decidió hacer como que no había oído aquella impertinencia.

—¿Y qué me dice del día que le dio por sacar TODAS las pelotas de tenis del armario del gimnasio? ¡La señorita Fornida, su pobre profesora de Educación Física, se vio arrollada por una avalancha de pelotas!

—Espero que acaben encontrándola —comentó Ramona.

—¡ESO DIGO YO! —replicó la directora con malos modos.

¡REBOTE, CHIRRIDO! ¡REBORE, CHIRRIDO! ¡REBOTE, CHIRRIDO!

La señorita Mojigata ya no podía soportarlo.

—**¡¿QUIERE ESTARSE QUIETA DE UNA VEZ?!** —bramó.

—Lo siento, señorita —farfulló la chica. Por un instante, se quedó inmóvil. Pero solo por un instante.

Luego le entró un cosquilleo insoportable y no tardó en empezar a menearse, primero disimuladamente y después ya con todo descaro, dando una voltereta hacia delante y rematando su exhibición acrobática con el pino.

—Verá, *señorita Ramona Rabo de Lagartija* —dijo la directora—: No quiero ningún percance durante la visita al museo, pues eso convertiría a **Villa Virtud** en el hazmerreír de todos.

—Por supuesto, señorita —dijo Ramona BOCA ABAJO mientras se desplazaba haciendo el pino por el despacho de la directora como si fuera un caniche amaestrado.

—Como directora de **Villa Virtud**, he ordenado a la profesora de Ciencias la señorita Pipeta, que invente un artilugio para impedir que destroce usted unas antigüedades de valor incalculable.

A *Ramona Rabo de Lagartija* aquello no le daba buena espina.

—No hará falta, señorita, pero gracias —respondió la niña, que hacía ejercicios de tijeras con las piernas en alto.

Mientras hablaba, Ramona golpeó sin querer una
pila de informes escolares que salieron
volando del escritorio de la directora.

Parecían una bandada de gaviotas alzando el vuelo.

—¡Ya lo creo que hará falta! —bramó la directora.

—¿En qué consiste ese artilugio, señorita?

—¡Ah, ya lo verá usted...! —repuso la señorita Mojigata
con un tonillo que no auguraba nada bueno, mientras
corría de aquí para allá tratando de coger las hojas
de papel que revoloteaban por toda
la habitación.

—¡Y AHORA, **MÁRCHESE!**

Ramona salió del despacho dando volteretas y volcando de paso los trofeos recién pulidos.

¡ZAS!

¡PUMBA!

¡CATAPLÁN!

* * *

Cuando por fin llegó el día de la excursión, la profesora Pipeta sacó su invento del laboratorio de ciencias y, muy orgullosa, lo llevó rodando hasta el patio de recreo.

—¡Aquí lo tiene, directora! —dijo la mujer, que aún llevaba puesta la bata blanca de laboratorio y unas gafas de seguridad—. Justo lo que me pidió.

—¡Qué maravilla! —exclamó la señorita Mojigata.

Aquella cosa parecía un gigantesco juguete para hámsteres.

La profesora de Ciencias había creado una inmensa pelota inflable transparente, lo bastante grande para albergar a una persona en su interior. Por supuesto, esa persona era *Ramona Rabo de Lagartija*.

—¡Me llena de orgullo desvelar al fin mi creación! —anunció la profesora—. La he bautizado como

la Increíble BURBUJA Saltarina.

Está concebida para **impedir** que los niños que no saben estarse quietos lo destrocen todo a su paso.

—¡CORTE EL ROLLO! —interrumpió la señorita Mojigata, que solo disfrutaba escuchándose a sí misma.

—A la orden, directora —repuso la profesora de Ciencias apresuradamente—. Su funcionamiento es muy sencillo: primero se encierra al niño dentro de la pelota —empezó, señalando una portezuela—. Luego, cuando empiece a hacer de las suyas, la Increíble **BURBUJA Saltarina** se alejará rebotando de cualquier objeto de valor, garantizando así que no se produzca NINGÚN desperfecto.

—¡Magnífico! —exclamó la directora—. ¡Ya puede retirarse!

Las alumnas tuvieron que hacer un largo viaje en autocar para llegar al museo de la **PORCELANA**. Pese a la oposición del conductor, la directora se empeñó en que Ramona viajara en el maletero del vehículo para que no hubiera ningún accidente por el camino.

En cuanto llegaron, la directora encerró a *Ramona Rabo de Lagartija* en la Increíble **BURBUJA SALTARINA**. Luego condujo al grupo de alumnas al interior del museo mientras Ramona las seguía rebotando. Pese a su resistencia inicial, la niña empezaba a pasárselo en grande. Una sonrisa iluminó su rostro. El museo albergaba toda clase de tesoros de

PORCELANA.

Perros de porcelana, gatos de porcelana, platos de porcelana, jarrones de porcelana, teteras de porcelana, candelabros de porcelana, porcelana de porcelana. Todas y cada una de aquellas antigüedades valían una fortuna.

—Vamos a ver, niñas, ni que decir tiene que no podéis tocar absolutamente nada de lo que veis expuesto —les advirtió la directora—. Sé que la mayoría de vuestros papis son asquerosamente ricos porque os han enviado a Villa Virtud, el internado más caro del país, dicho sea de paso y a mucha honra. No obstante, si tocáis algo y lo rompéis, tendréis que pagarlo de vuestro bolsillo, hasta el último penique. ¿Se ha expresado con claridad vuestra adorada directora?

Las alumnas farfullaron su asentimiento.

—¡¡¡¿QUE SI SE HA EXPRESADO CON CLARIDAD VUESTRA ADORADA DIRECTORA?!!!

—¡Sí, señorita! —contestaron las niñas al unísono.

—¡Muy bien, ahora acercaos!

Las chicas se reunieron en torno a una peana sobre la que descansaba un gran bol con cientos de florecillas pintadas a mano. Ramona se acercó rebotando en el interior de la burbuja gigante. La señora Mojigata se puso las gafas de medialuna.

—Este bol está hecho en París. Perteneció a la última reina de Francia, María Antonieta, y se conserva desde el siglo XVIII.

De repente, ansiosa por ver mejor la pieza, *Ramona Rabo de Lagartija* se impulsó tan fuerte que la **BURBUJA SALTARINA** rebotó en el techo.

Luego cayó al suelo y volvió a

rebotar con más fuerza todavía,

¡BOING!

arriba y abajo, arriba y abajo, arriba

y abajo haciendo temblar toda la habitación mientras

botaba,

botaba,

botaba, **¡BOING!**

¡BOING!

¡BOING!

La directora se puso pálida como la cera. *Ramona Rabo de Lagartija* rebotaba peligrosamente cerca de piezas de **PORCELANA** cuyo valor era incalculable.

Al ver que la **INCREÍBLE BURBUJA SALTARINA** se le acercaba cada vez más, la señorita Mojigata alargó sus largos brazos delgados y le dio un empujón, lo que hizo que el artilugio empezara a rebotar en las paredes. Ante la mirada atónita de las demás alumnas, la pelota chocó con una valiosísima pieza de **PORCELANA** sin hacerle un solo rasguño y luego salió rebotada en dirección a la directora...

¡CATAPLÁN! La mujer retrocedió tambaleándose y golpeó sin querer un pingüino de **PORCELANA** que estaba en lo alto de una peana.

—**¡Nooo!**

—chilló.

El pingüino salió volando.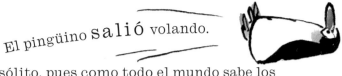

Era algo insólito, pues como todo el mundo sabe los pingüinos no vuelan pese a ser aves. Pero semejante prodigio no podía durar, y el pingüino de **PORCELANA** se estampó contra la pared…

¡CATACRAC!

… y se rompió en cientos de añicos.

Todas las alumnas del internado se taparon la boca con una mueca a medio camino entre el horror y la risa.

—¡Esta me la pagarás, *Ramona Rabo de Lagartija*! —chilló la directora.

—Pero ¡si yo no he tocado ninguna pieza de **PORCELANA**, directora! ¡Ha sido usted! —razonó la chica.

No hace falta que os diga que la señorita Mojigata perdió los estribos. Se fue hecha un basilisco hacia *Ramona Rabo de Lagartija*, que huyó, bota que bota, por toda la habitación. ¡BOING! ¡BOING! ¡BOING!

La directora echó a correr hacia la increíble Burbuja **SALTARINA**, esta vez con los brazos y las piernas abiertos para detenerla. Pero, tras rebotar en la pared, la pelota se la llevó por delante.

Lo primero que golpeó fue un cisne de **PORCELANA**.

¡CATAPLÁN!

Lo segundo fue una bailarina de **PORCELANA** de tamaño natural.

¡CRAC!

¡PUMBA!

Lo tercero que golpeó fue un payaso de **PORCELANA**.

¡CATA CRAC!

No era un payaso alegre, sino uno de esos que tienen la cara tristona. En el fondo daba igual porque, como todos los demás objetos que habían salido volando por los aires, no tardó en quedar reducido a una lluvia de añicos de **PORCELANA**.

¡CATACRAC!

En ese instante, alarmado por el jaleo, el anciano director del museo irrumpió en la sala, ajustándose el monóculo para poder valorar los daños. Todas y cada una de las preciosas antigüedades de **PORCELANA** expuestas estaban hechas trizas.

—¡¿Qué demonios ha pasado aquí?! —bramó, blandiendo uno de sus bastones.

La directora se levantó con dificultad, sin poder evitar pisar los trocitos de **PORCELANA** que sembraban el suelo.

CHAS. CHAS. CHAS.

—¡Puedo explicarlo! —le aseguró con gesto suplicante.

—¿Quién ha osado tocar mis **preciadas**, preciosas y perfectas piezas de **PORCELANA**? —preguntó el director.

—Bueno… —La directora miró de reojo a *Ramona Rabo de Lagartija*, que ahora rebotaba muy ligeramente en su burbuja de plástico—. Bueno, técnicamente he sido YO, pero…

—¡Nada de peros! —bramó el director del museo—. ¡Señora **mía**, deberá usted pagar todas las piezas rotas!

—¡¡¡Nooooooooooooooooooooooooooooooo!!! —chilló la señorita Mojigata.

La niña que no sabía estarse quieta no pudo evitar que se le escapara la **risa**.

* * *

La factura del museo ascendía a muchos millones. Solo con su sueldo de directora del internado, la señorita Mojigata habría tardado mil años en pagar todos los desperfectos, por lo que tuvo que arremangarse y hacer muchas otras tareas en *Villa Virtud*.

Pese a ser una señora muy fina, tenía que levantarse al alba todos los días, coger un cubo y una fregona y dejar los pasillos de la escuela limpios como una patena.

A mediodía tenía que servir la sopa en el comedor.

Y la mayor parte de los días, al acabar las clases, era habitual verla encaramada a una escalera de mano, quitando las hojas secas y las palomas muertas de los desagües del edificio.

Y si había alguien que siempre volcaba el cubo de agua de la directora,

DERRAMABA el caldero de la sopa o TROPEZABA con la ESCALERA de mano era, por supuesto...

¡la señorita Ramona Rabo de Lagartija!

* * *

He aquí a Ramona algunos años después, en su último día en

> **Villa Virtud** . Para entonces tenía dieciocho años

y estaba lista para dar el salto —nunca mejor dicho—
al mundo real.

Esa mañana la directora se había levantado antes de que

saliera el sol para desatascar los váteres y luego la habían

llamado a la biblioteca para limpiar una vomitona, pues la

bibliotecaria tenía el estómago revuelto.

Mientras la señorita Mojigata meneaba la

fregona de aquí para allá con cara de malas

pulgas, vio a su gran enemiga, Ramona, sentada

en un rincón de la biblioteca,

leyendo.

Lo más extraño era que la

chica estaba perfectamente inmóvil. La directora se

escondió detrás de una estantería y espió a su alumna más

detestada. Salvo para pasar de página cada pocos minutos,

Ramona Rabo de Lagartija no movía un solo músculo.

Después de pasarse una hora fisgoneando, la señorita
Mojigata se le apareció de un salto.

—¡AJÁ! —exclamó la mujer—. ¡TE HE PILLADO!

—¡Chis! —siseó Ramona, señalando con la mirada un letrero que ponía **¡SILENCIO!**

—Pero, pero, pero… —La directora no podía creérselo—. ¡Bien que sabes estarte quieta cuando quieres!

—¡Pues claro! —replicó la joven—. ¡Y SIEMPRE he sabido!

—¿Y qué hay de aquella **nota** de tu madre?

—¿Aquella bobada? ¡La escribí yo misma!

—¡¡¡TE QUEDARÁS

CASTIGADA

CIEN

AÑOS!!!

—bramó la señorita Mojigata.

—Me encantaría, se lo aseguro, pero hoy es mi último día en **Villa Virtud**. Venga, por los viejos tiempos voy a…

... **salir** haciendo volteretas.
¡**Adiós,** directora!

Dicho esto, la *señorita Ramona Rabo de Lagartija* apoyó las manos en el suelo y se fue de la biblioteca girando sobre sí misma, con lo que consiguió que todos los libros salieran volando por los **aires.**

La directora tuvo que quedarse en la biblioteca hasta la **medianoche** para recoger todos los libros y devolverlos a las estanterías. Y luego todavía tuvo que acabar de limpiar la vomitona. Os lo cuento por si os quedaba alguna duda de que la *señorita Ramona Rabo de Lagartija* merece estar entre los peores niños del mundo.

Aunque, aquí entre nosotros, a mí me cae GENIAL.

HUGO
el Hurgador

Hay niños a los que les gusta sonarse la nariz; a otros les gusta **hurgársela**. Hugo era de estos últimos. Siempre tenía un dedo metido en la nariz, y a veces dos: uno en cada fosa nasal.

El tesoro enterrado que buscaba era de un verde puro:

Aunque era un poco bajito para su edad, **Hugo el Hurgador** se sacaba una cantidad enorme y aparentemente inacabable de mocos.

Moco líquido. Moco gelatinoso. Moco seco. **BOLAS** de **MOCO**. Carámbanos de moco. Estalactitas de moco. **ESTALAGMITAS DE MOCO**. Era el rey de todas las sustancias verdes y viscosas. Después de hurgarse la nariz, el chico sometía el resultado a una rápida inspección y luego lo añadía a su **PELOTA** de **MOCOS**.

Hugo había leído en un libro de récords mundiales que el mayor moco conocido hasta la fecha era el de una niña alemana regordeta llamada Fräulein Schleim. Su moco tenía el tamaño de una bala de **cañón** y pesaba tanto como un cerdo adulto.*

* Aunque solo tenía doce años, Fräulein Schleim acumulaba varios récords mundiales, a cuál más repugnante. Había producido el mayor tapón de **CERA DE OÍDOS** jamás visto, tan grande como una terrina de helado familiar. A continuación había creado la lluvia de **CASPA** más copiosa del mundo, con la que había cubierto todo un campo de fútbol solo con soltarse las coletas. Sin embargo, el récord mundial del que Fräulein Schleim estaba más orgullosa era el del **QUESO DE LOS PIES**. Cuando se descalzó las botas con puntera de acero, el hedor marchitó todos los árboles en quince kilómetros a la redonda.

Animado por la idea de que también él podría hacerse un hueco en el libro de los récords mundiales, **Hugo el Hurgador** se propuso dejar en ridículo a su rival. Estaba decidido a crear el mayor moco jamás visto, lo que se dice una bola de moco **DESCOMUNAL**.

Empezó con un moco normalito de tamaño mediano pero le fue pegando más mocos, uno tras otro, de modo que aquello no tardó en convertirse en un mocarro, y luego en un **SUPERMOCARRO**, hasta que finalmente alcanzó la categoría de **MEGAMOCARRO**.

Ahora, cada vez que el chico se hurgaba en la nariz (cosa que hacía cada pocos segundos), el moco seguía aumentando de tamaño. Al principio era del tamaño de un guisante, pero crecía a ojos vista con cada nueva albondiguilla que le iba añadiendo. Pronto alcanzó el tamaño de una castaña, luego de un melón, más tarde de una pelota de fútbol y finalmente de un muñeco de nieve. Hugo se había tomado tan en serio aquello de entrar en el libro de los récords que a menudo faltaba a clase para poder pasarse el día hurgándose la nariz.

Al principio, se llevaba su bola de mocos allá donde iba. Cuando se hizo demasiado grande y pesada para cargarla, el chico empezó a **empujarla** por la calle.

Un día, sin embargo, mientras iba de camino a la escuela, arrolló sin querer a Azafrán, el gato del vecino, y la pobre criatura se quedó **incrustada** en la bola de mocos.

¡¡¡MIAU!!!

La bola era tan pegajosa que Hugo tuvo que **afeitar** al gato para poder sacarlo de allí.

¡¡¡MIAAAAAAUUU!!!

A partir de entonces, Hugo guardó la bola de mocos en su habitación. Para cuando empieza nuestra historia, la bola de mocos (o **MOCOBOLA**, en su forma abreviada) había alcanzado ya el tamaño de un **asteroide**. Y también parecía haber llegado del espacio exterior.

Su color era todo un muestrario de verdes:

Verde **claro**.

Verde **oscuro**.

Verde, **verde**.

Verde **no tan verde**.

Sin embargo, puesto que cada minuto Hugo se sacaba un nuevo moco, le daba un lametazo y lo pegaba a la **MOCOBOLA**, pronto no cabría ni siquiera en su habitación. La cama y el armario del chico estaban aplastados bajo el volumen y el peso de aquel megamocarro de aspecto

AMENAZADOR.

Una mañana, mientras se hurgaba la nariz, Hugo encontró un moco especialmente grande. Sin dudarlo un segundo, lo pegó a la **MOCOBOLA**, pero podría decirse que fue el moco que colmó el vaso, pues en cuanto lo hizo oyó un crujido inquietante. **¡ÑEEC!**

Eran los tablones del suelo, que parecían ceder bajo el peso del **MEGAMOCARRO**.

Hugo salió corriendo de la habitación y bajó a la cocina. Una vez allí dirigió la vista al techo y vio que se agrietaba por momentos. **¡CRAC!**

Entonces, antes de que el chico pudiera volver a hurgarse la nariz, la **MOCOBOLA** atravesó el techo de la cocina y aterrizó a su lado. **¡CATAPUMBA!**

—¡Mecachis! —gritó el chico, mientras el polvo y los escombros lo cubrían de pies a cabeza. Hugo había estado a punto de morir aplastado por sus propios mocos.

Lejos de detenerse, la mocobola había cogido carrerilla y avanzaba a toda velocidad hacia el chico. Hugo salió corriendo de casa, pero la **MOCO BOLA** abrió un boquete en la fachada...

¡CATACRAC!

...y persiguió a su creador calle abajo.

Los padres de Hugo lo vieron todo desde la ventana de su habitación, boquiabiertos pero incapaces de decir **palabra**, tal era su asombro.

Al estar hecha de mocos compactados, la **MOCOBOLA** era increíblemente **pegajosa**, lo que significaba que cuanto barría a su paso quedaba atrapado sin remedio en su interior:

un **perrito**,

la **anciana** que lo llevaba de la correa,

una **bici**,

el **chico** que montaba la bici,

un **cortacésped**,

el **jardinero** que lo manejaba.

Al poco, todas estas cosas y muchas más rodaban sin control calle abajo, pegadas a la **MOCOBOLA**.

El moco de Hugo se iba haciendo cada vez más grande. Y cuanto más grande se hacía, más deprisa RODABA.

Mientras el chico corría como alma que lleva el diablo, huyendo de la MOCOBOLA, esta arrolló un buzón y arrancó un árbol de raíz. Hasta un coche se quedó incrustado en su superficie.

Cuando la MOCOBOLA pasó por encima de un autobús lleno de pasajeros y se lo llevó por delante, Hugo empezó a sentir verdadero pánico.

Mientras los pasajeros del autobús rodaban arriba y abajo como si estuvieran en algún absurdo y terrorífico PARQUE DE ATRACCIONES dedicado a los mocos, el chico comprendió que era su vida lo que estaba en juego.

Ahora la **MOCOBOLA** era tan inmensa,
que hasta arrancaba edificios enteros de cuajo.
Primero fue una **casita**, y luego una gran **mansión**.

Entre la **mansión**,
la **casita**, el **autobús**, el **coche**, el **árbol**, el **buzón**,
el **cortacésped**, el **jardinero** que
lo manejaba, la **bici**, el **chico** que la
montaba, el **perrito** y, cómo no, la **anciana**
que lo llevaba de la correa,
la **MOCOBOLA** crecía a un ritmo cada vez más
alarmante.

Por suerte, Hugo tenía un plan. Si quería sobrevivir, tenía que buscar refugio bajo tierra, el único lugar donde la **MOCOBOLA** no podría darle alcance. En cuanto avistó una boca de alcantarilla, salió disparado hacia allí y tiró de la tapa con todas sus fuerzas.

—¡Por favor, por favor, por favor! —suplicó para sus adentros.

Los dedos le resbalaban en el metal. Los tenía viscosos y atrofiados de tanto hurgarse la nariz.

En el último segundo, Hugo se las arregló para levantar la tapa y saltar a las tenebrosas profundidades del subsuelo.

¡SPLASH!

La **MOCOBOLA** pasó retumbando por encima de su cabeza.

¡RATAPLÁN!

Hugo soltó un enorme suspiro de alivio que resonó en las cavernosas cloacas.

¡AHHH!...

AAAH... AAAH... AAAH... AAAH... AAAH... AAAH...

Cuando creyó que ya no corría peligro, el chico volvió a la superficie, cubierto de mugre de los pies a la cabeza, y vio cómo la gigantesca **MOCOBOLA** se perdía en la distancia, llevándose por delante cuanto encontraba a su paso.

Un **camión** de **bomberos**, varios **comercios**, incluso un **rebaño de vacas** que pastaban tan ricamente, sin meterse con **NADIE.**

¡MUUU!

¡MUUU!

¡MUUU!

Al ver la destrucción causada, **Hugo el Hurgador** decidió que era mejor no mencionarle a nadie que él era el creador de aquella monstruosa y **TERRORÍFICA** bola de mocos. Visto lo visto, no le importaba que Fräulein Schleim conservara el récord mundial del mayor moco jamás visto.

Así que Hugo se encaminó a la escuela. Llevaba semanas sin ir a clase. Sin embargo, cuando llegó allí, descubrió que la escuela había desaparecido como por arte de magia.

Unas marcas oscuras en el patio de recreo eran cuanto quedaba de los edificios que hasta hacía poco ocupaban aquel espacio.

La gigantesca **BOLA DE DEMOLICIÓN** de Hugo debió de pasar por allí y llevarse por delante todos los edificios de la escuela.

Lo único que había dejado a su paso era un par de solitarias botas de agua allí donde había estado el comedor. Las botas habían pertenecido a la temible encargada del comedor, la señora Matarife. Sin duda había sido succionada, junto con todos los profesores, por el **MEGAMOCARRO**.

A Hugo se le escapó la risa. —¡JA, JA, JA!

Por lo menos ya no tendré que volver al cole nunca más! —se dijo, allí plantado a solas en medio del patio de recreo desierto, sintiéndose como el último hombre sobre la faz de la Tierra.

Entonces, justo cuando estaba a punto de dar media vuelta y regresar a casa (o a lo que quedara de su casa), Hugo oyó un ruido a su espalda...

Un ruido

que sonaba

cada

vez más cercano.

Un ruido

estruendoso,

un ruido atronador,

un ruido

ENSORDECEDOR.

El suelo temblaba bajo sus pies.

Hugo tragó saliva.

¡GLUPS!

Sabía de sobra qué estaba

detrás de aquel tumulto. No tenía

valor para darse la vuelta y enfrentarse

a aquella cosa, pero se obligó a hacerlo.

Despacio, volvió la cabeza y vio que la gran

MOCOBOLA había dado la vuelta al mundo y regresaba ahora

al punto de partida... ¡yendo derecha hacia él!

Para entonces, tenía el tamaño de un **satélite** y había recogido varios monumentos históricos en su viaje alrededor del globo: la **Torre Eiffel**, el **Coliseo romano**, la **Ópera de Sídney**, el **Taj Mahal**, la **catedral de San Basilio** de Moscú, las **pirámides de Egipto** y hasta el **Parlamento británico**. Todos despuntaban en la superficie de la MOCOBOLA, que parecía un gran helado de yogur recubierto de chucherías.

La **MOCOBOLA** también había arrancado de cuajo y arrastrado consigo el **palacio de Buckingham**, dejando a Su Majestad la Reina literalmente con el trasero al aire, pues estaba sentada en el váter cuando todo ocurrió.

—¡¡¡AAARRRGGGHHH!!!

—chilló Hugo mientras aquella mole recortaba las distancias a toda velocidad.

El **MEGAMOCO** se había vuelto tan descomunal que hasta tapaba el Sol. Una **INMENSA** sombra engulló al chico, que se estremeció de frío.

Hugo cerró los ojos, muerto de miedo, y por fin la **MOCOBOLA** lo arrolló a él también, arrancándolo del suelo como si nada.

–¡¡¡NOOOOOO!!!

La parte superior de la cabeza del chico quedó incrustada al instante en la superficie de la bola, que siguió adelante con gran estruendo para volver a rodear la Tierra.

Pero *Su Majestad la Reina* estaba muy enfadada porque todos sus súbditos la habían visto sentada en el váter, así que ordenó a los guardias de palacio que dispararan los cañones contra la **MOCOBOLA**.

–¡Fuego a discreción!

La **bala** de cañón salió zuuumbando hacia el moco gigante.

¡¡¡BU

UUM!!!

La **MOCOBOLA**

explotó

en mil pedazos que

fueron cayendo de

vuelta a la Tierra,

devolviéndolo todo

a su lugar respectivo.

Todo **excepto** un chico.

Hugo seguía atrapado en un enorme **trozo** de moco que flotó a la deriva y acabó aterrizando en lo alto de la catedral de **San Pablo** de Londres.

Sus padres iban a verlo todos los domingos y le tiraban comida desde abajo. **Hugo el Hurgador** se pasó el resto de su vida encaramado a la aguja de la catedral de San Pablo, incrustado boca abajo en su propio moco GIGANTE.

Y eso, por supuesto, es lo que puede pasarte a TI si te hurgas la **nariz**.

La próxima vez, suénate.

Rosa la
ROÑOSA

¿Conocéis a algún niño muy, pero que **muy** cochino? ¿Alguna niña alérgica al agua? ¿Algún chico que huela fatal? Pues por muy mugrientos y apestosos que sean, nunca podrán compararse con Rosa la Roñosa, ¡que estaba encantada de ser la niña más marrana del mundo! El agua y el jabón eran cosas totalmente desconocidas para ella. Allí donde iba, la seguía una enorme y maloliente nube de polvo y mugre.

No hace falta que os diga que todo lo que tocaba Rosa la Roñosa acababa igual de roñoso que ella. Sus libros de texto estaban llenos de salpicaduras y manchas de cosas inimaginables. Además, pese a las quejas de su madre, Rosa se negaba a dejar que le lavara la ropa, que no tardó en quedar acartonada de tan cochambrosa.

Sin embargo, en lo que a suciedad se refiere, la palma se la llevaba el cuarto de Rosa. Su madre le suplicaba que lo ordenara y limpiara, pero ella nunca lo hacía. Simplemente lo tiraba todo al suelo. Era como si creyera que su cuarto era una especie de vertedero personal.

Con el tiempo, la pila de **deportivas apestosas,** de pañuelos **llenos de mocos,** de **sándwiches** medio comidos y de cagarrutas de **hámster blancuzcas** y resecas* había ido creciendo hasta llegarle a las rodillas.

Para poder llegar hasta su cama mugrienta, Rosa tenía que abrirse paso entre toneladas de basura. La alfombra que cubría el suelo era un recuerdo lejano, pues hacía años que no la veía. Pero, si por algo pertenece Rosa al grupo de los peores niños del mundo, es porque le encantaba vivir rodeada de porquería. Cuanta más, mejor.

Permitid que me tome unos instantes para hablaros de los **pies** de Rosa. Más que los pies de una niña, parecían los de un ogro.

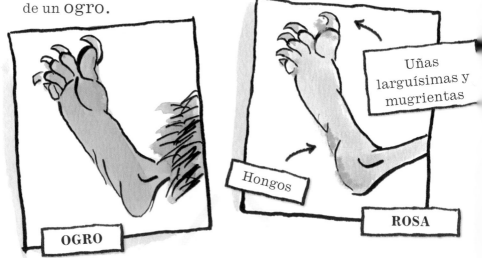

Uñas larguísimas y mugrientas

Hongos

ROSA

OGRO

* Bolita, el hámster, había desaparecido mucho tiempo atrás.

Tenía los pies cubiertos de hongos verdes y unas uñas tan largas que se enroscaban sobre sí mismas porque Rosa se negaba a cortárselas. El resultado eran unos pies más apestosos incluso que uno de esos quesos blandos y mohosos que llevara décadas caducado. Cuando Rosa se quitaba los calcetines por la noche, se los acercaba a la nariz.

—Mmmmmmmmm! —suspiraba de puro placer.

Cualquiera en su lugar se hubiese desmayado al oler aquello, o hubiese vomitado hasta la primera papilla. Pero Rosa era distinta. Estaba encantada de que sus calcetines fueran los más hediondos del mundo. Luego, como hacía con todo lo demás, simplemente los dejaba caer sobre la montaña de porquería que iba creciendo en el suelo de su habitación.

—¡Haz el **favor** de ordenar tu cuarto ahora mismo! —suplicaba la madre de Rosa. Aquello era un tormento para la pobre mujer, que se enorgullecía de tener el resto de la casa como los chorros del oro. Si una sola miguita de galleta caía al suelo, la madre de Rosa sacaba la aspiradora al instante. El desorden y la suciedad de la habitación de su hija la **horrorizaban**, y se preguntaba cómo era posible que ella, una mujer que todos los días dejaba un jarrón con flores frescas sobre la mesa del comedor, hubiese tenido una hija que disfrutaba viviendo en una... **¡pocilga!**

—¡VETE AL PEDO! —replicaba Rosa con una carcajada.

Sabía que su madre (que siempre iba de punta en blanco, con el pelo recogido en un moño y un collar de perlas al cuello) detestaba que empleara la palabra «pedo», así que siempre, siempre, siempre, se aseguraba de usarla cuando se dirigía a ella.

—¡Rosa, te prohíbo que uses esa palabra horrible! —gemía su madre.

—¿Qué palabra, «PEDO»? —reponía la niña con malicia.

—Sí. Es una palabra espantosa que no tiene cabida en un hogar como el mío, que siempre huele requetebién. ¡Jovencita, quiero que ordenes tu habitación ahora mismo!

—¡VETE AL PEDO! —respondía a grito pelado.

Su **madre** decidió que, si Rosa se negaba a poner orden en su habitación, lo haría ella misma. Una mañana, cuando la niña se fue a la escuela, puso en marcha su plan. Armada con gruesos guantes de goma y un rollo de cien bolsas de basura perfumadas de color rosa, subió las escaleras con decisión, tapándose la nariz y la boca con la manga, tal era la **PESTILENCIA**.

¡AL ATAQUE!

—gritó a pleno pulmón, como si fuera a entrar en combate.

A continuación la mujer se arrojó contra la puerta de la habitación con todas sus fuerzas.

¡CATAPUMBA!

Pero apenas consiguió abrirla un par de dedos. La montaña de porquería le llegaba ya por la cintura.

—¡PUAJ! —exclamó cuando asomó la cabeza por la rendija y vio aquel estercolero—. ¡EEECS! —se quejó cuando el hedor le llegó a las fosas nasales. El problema era que, por mucho que lo intentara, la madre de Rosa no conseguía entrar en la habitación de su hija. La propia Rosa apenas podía colarse por la rendija de la puerta, pese a ser pequeña y delgaducha, pero para su madre era del todo imposible.

La mujer estaba a punto de darse por vencida cuando...

¡ZAS!

... tuvo una idea.

Dejó un zapato haciendo de tope entre el marco y la puerta para impedir que esta se cerrara y bajó la escalera a toda velocidad para coger la aspiradora. Luego introdujo el largo tubo del aparato por la rendija de la puerta y apretó el botón de encendido.

¡BRRRUM!

Qué feliz se sintió cuando
la aspiradora empezó a engullir
toda **aquella** porquería...

¡Un envase de
leche con cacao que se
había vuelto rancia!

Una tirita llena de pus.

Un trozo de queso recubierto de moho.

La madre de Rosa sonrió para sus adentros. Cuando su hija volviera de la escuela, tal vez hubiese conseguido rebajar la pila de porquería a la **altura** de sus tobillos.

Pero entonces la aspiradora empezó a resollar como si se ahogara...

¡JJJRrRgGg!

... y luego se oyó un estruendo como de metal abollado. **¡CLONC!**

Entonces el aparato empezó a dar fuertes sacudidas hasta que por fin explotó.

¡BUUM!

La madre de Rosa acabó sepultada bajo toda la porquería que la aspiradora había succionado.

—¡El horror, **el horror**! —gimió la mujer al verse cubierta de **mugre, polvo** y **leche con cacao** rancia, entre otras cosas.

Cuando se agachó para examinar la aspiradora, comprobó que había quedado hecha añicos.

Solo algo EXTREMADAMENTE grande y **fuerte** podría haberla roto.

¿Habría algo agazapado bajo aquella montaña de basura capaz de causar tanta destrucción?

—¿Hay al-alguien...? —llamó la mujer. No hubo respuesta.

La madre de Rosa se dijo que todo eran **imaginaciones** suyas y se convenció de que la **aspiradora** había explotado sola. Con paso tambaleante, se fue al cuarto de baño, desesperada por quitarse aquella mugre de encima.

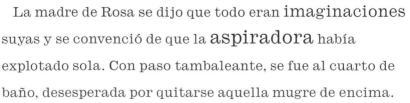

Cuando Rosa volvió de la escuela, su madre seguía en la ducha, la vigesimoséptima que se daba ese día. Antes de que pudiera abrir la boca, la niña había salido disparada hacia arriba y se había vuelto a encerrar en su cuarto.

Usando una vieja bandeja de plástico de un restaurante de comida rápida a modo de tabla de surf, Rosa se deslizó sobre la montaña de basura hasta llegar a su cama, donde se quitó los calcetines sudados. Los había usado cientos de veces sin lavarlos jamás, y ese día se emocionó al ver que empezaba a salirles moho.

Rebuscando en las fétidas profundidades de su mar de porquería, la niña encontró otro calcetín que había dejado caer allí muchos años antes.

Este presentaba una serie de brotes sospechosos, como si fuera una extraña verdura procedente de algún lejano sistema solar. Rosa comprendió que su roña era tan roñosa que había empezado a desarrollar vida propia.

Sin embargo, nada podía haberla preparado para lo que estaba a punto de ocurrir...

Esa noche, estando tumbada en su cama, entre unas sábanas negras de tan percudidas, Rosa se dio cuenta de que algo SE MOVÍA de aquí para allá en medio de la oscuridad.

Debía de ser su imaginación gastándole bromas, pensó.

¿O estaría soñando?

—¡VETE AL PEDO! —gritó, por si había realmente algo agazapado allí abajo.

Entonces, fuera lo que fuese, aquella cosa se movió de nuevo.

Los trocitos más pequeños de porquería que cubrían la montaña de basura se agitaron como si algo se deslizara bajo la superficie.

Aquello no era ningún sueño. Ni siquiera una pesadilla. Estaba pasando de verdad. Algo vivía DEBAJO de la pila de basura del cuarto de Rosa la Roñosa.

¿Sería una rata?

No, parecía demasiado grande para ser una rata.

¿Una cucaracha gigante, quizá?

No, no CORRETEABA como una cucaracha.

No podría ser una serpiente venenosa, ¿verdad?

No, aquella cosa no siseaba...

De repente, se oyó un gruñido.

¡¡¡GRRRRRR!!!

Solo había una explicación posible.

Tenía que ser algún tipo de... **monstruo**.

Una criatura que había brotado de las oscuras profundidades del estercolero de Rosa.

Una criatura hasta entonces desconocida para la humanidad.

En un intento desesperado por mantener aquella cosa a raya, Rosa botó en su cama hasta alcanzar la altura suficiente para subirse de un brinco a lo alto del armario, donde tenía un alijo de basura reservada para alguna ocasión especial. Había llegado el momento de usarla.

Con todas sus **fuerzas**, tiró varios

envases medio vacíos de **yogur**,

una colección de **cortezas de pizza**

y una bolsa de
boñigas de **elefante**
que había recogido en
una visita escolar al zoo.

A continuación, la propia Rosa se lanzó desde lo alto
del armario y aterrizó sobre la nueva pila de basura,
como si quisiera aplastar la criatura que se escondía
allá abajo.

¿Cómo iba a sospechar que, en realidad, la estaba
alimentando?

Después de pasearse de aquí para allá dando grandes pisotones, Rosa volvió a acostarse en la cama. Estaba **exhausta**, así que cerró los ojos.

Pero, justo cuando estaba a punto de quedarse dormida, oyó aquel gruñido de nuevo.

¡GRRRRRR!

Se incorporó de un salto y gritó:

—¡YA ESTÁ BIEN!

Seas lo que **seas**, ¿por qué no dejas de

esconderte ahí abajo y te

VAS AL PEDO DE UNA VEZ?

La madre de Rosa debió de oír sus gritos, porque salió corriendo del baño en camisón con un revuelo de volantes rosados.

—Rosa, ¿va todo bien ahí dentro, cariño? —preguntó la mujer al otro lado de la puerta.

—SÍ, ¡VETE AL PEDO!

—¡No, no me iré de aquí, niña deslenguada! Haz el favor de decirme con quién estabas hablando —ordenó su madre.

—¡EH, TÚ! ¡QUE TE VAYAS AL PEDO AHORA MISMO!

Una vez más, la mujer intentó abrir la **puerta** apoyando todo su peso en ella, pero la **montaña** de porquería era incluso más alta que antes, por lo que le fue del todo IMPOSIBLE abrirla.

—¡Mañana a primera hora quiero que ordenes esta habitación! —dijo la madre de Rosa. Luego volvió corriendo al cuarto de baño para seguir frotándose los últimos vestigios de leche con cacao rancia.

En la habitación de Rosa se oyó el sonido inconfundible de alguien o algo que masticaba.

¡CHIQUICHAQUE! ¡CHIQUICHAQUE! ¡CHIQUICHAQUE!

Era como si la criatura estuviera devorando cuanto encontraba a su paso.

¡¡¡BUUUURRRPPP!!!

Y entonces, de aquel océano de **mugre** emergió al fin...

¡EL **ROÑONSTRUO!**

Era un monstruo de porquería (no confundir con una **porquería** de monstruo), y la verdad es que daba mucho **miedo**.

Aquella mole estaba hecho de todos los desechos que la niña había ido tirando al suelo de su cuarto durante años. En lo alto de la cabeza del roñonstruo sobresalían dos orejas que un día habían sido un par de **calcetines** apestosos de Rosa.

Sus ojos eran dos rodajas de chorizo de una vieja **pizza podrida**.

Su boca era una **hamburguesa recubierta de moho** verde.

Su cuerpo era una masa informe hecha de toda clase de **cosas**, desde uniformes de **gimnasia sudados** y pañuelos llenos de mocos a botas de agua embarradas o caramelos chupeteados y llenos de pelos de perro, todo ello unido por un sinfín de tiritas sanguinolentas.

Era lo que se dice una **monstruosidad**, lo que le iba que ni pintado tratándose de un monstruo.

—¡VETE AL PEDO! —chilló Rosa.

La niña no podía creer lo que veían sus ojos.

De alguna manera, sus desechos se habían fusionado para dar origen a una criatura mutante.

El roñonstruo empezó a moverse por la habitación, recogiendo a su paso toda la porquería que Rosa había ido acumulando en el suelo.

Acabó en un **santiamén**, porque tenía unas garras enormes. Y todo lo que recogía se lo iba metiendo en la boca.

Viejas **revistas** reblandecidas por la **humedad**, pantuflas **mordidas** por el perro, globos **desinflados**, una muñeca olvidada y **calcetines** sucios, montones de calcetines **sucios**.

Al roñonstruo le chiflaban los calcetines sucios de Rosa. Engullía basura sin parar, y cuanto más comía, tanto más crecía a un ritmo vertiginoso. En un visto y no visto, se había hecho tan grande que se dio con la cabeza en el techo. **¡PUMBA!**

—¡Tú **come** todo lo que quieras! —lo animó Rosa con una sonrisita astuta, porque había **comprendido** algo...

Su madre le había dicho que ordenara su habitación **cientos** de veces.

¡Y ahora el roñonstruo lo estaba haciendo por ella!

En menos que canta un gallo, la habitación quedó limpia como una patena. Por fin volvía a ver la alfombra. Y ahora que el roñonstruo había puesto orden en su cuarto, Rosa podría empezar a llenarlo otra vez de basura.

—Muchísimas gracias —dijo—. Ya puedes irte

AL PEDO, si eres tan amable.

Pero el roñonstruo no le obedeció. Ni **mucho menos**. De hecho, seguía **HAMBRIENTO**. Se volvió hacia la niña, y sus horripilantes ojos de chorizo la miraron fijamente.

—¡NOOOOOO! —suplicó Rosa mientras la mole avanzaba hacia ella.

El hecho de que el roñonstruo se desplazara tan lentamente hacía que la escena resultara más aterradora, si cabe. **PLOF. PLOF. PLOF.**

—¡VETE AL PEDO! —gritó Rosa.

Pero era demasiado tarde. El roñonstruo cogió a Rosa y se la tragó de un **BOCADO**.

¡¡¡BUUUUUUUUUURRRRRRRRRP!!!

—eructó.

Rosa la Roñosa aprendió
por las malas que la suciedad
tenía un precio. Un **monstruo**
nacido de su propia mugre
acabó devorándola.

Así que, la próxima vez que
un adulto os diga que
**ordenéis vuestra
habitación, HACEDLO
SIN RECHISTAR**.

O ya sabéis lo que podría
pasaros...

¡NO AGUANTO ESTA PESTE!

AITOR
el Atizador

Sɪ ᴀʟɢᴜɪᴇɴ ꜱᴇ ʜᴀ ɢᴀɴᴀᴅᴏ ᴜɴ ᴘᴜᴇꜱᴛᴏ ᴅᴇ ʜᴏɴᴏʀ entre los peores niños del mundo es Aitor Cheung, un niño que disfrutaba arrojando bolas de nieve a diestro y siniestro. Cuando llegaba el frío invernal y caía la primera nevada, se echaba a la calle para coger al vuelo los diminutos copos blancos, que iba juntando y amasando entre las manos, dale que te pego, hasta formar una **gran bola** de nieve.

¡Una bola de nieve!

Luego se relamía de satisfacción contemplándose la palma de la mano ¡y pensando en hacer de las suyas!

«¡JUA, JUA, JUA!», reía para sus adentros.

Debo advertiros de algo importante: Aitor NO era uno de esos niños que se lo pasan bomba con las peleas de bolas de nieve. En una pelea de bolas de nieve, antes o después todo el mundo recibe algún **bolazo**, y Aitor no lo soportaba. Notar cómo los cristales de hielo le resbalaban por la nuca le daba una dentera terrible...

—¡UY, **UY, UY!**

... aunque eso era justo lo que le encantaba hacer a los demás. En realidad, lo suyo eran los bombardeos **unilaterales** de bolas de nieve. ¡Tenía que tirarlas todas él! No solo eso, sino que adoraba los ataques SORPRESA. Lo que hacía era esconderse detrás de un muro, o en lo alto de un árbol, o debajo de un banco...

¡Cuando la víctima se le ponía a tiro, **ZASCA**, le atizaba con una bola de nieve!

¡**Nada** ni **nadie** se salvaba de sus ataques!

Su hermana pequeña, Gemma...

¡**PLOF**! —¡AAAY!

—¡JUA, JUA, JUA!

Una ancianita que paseaba con su perro...

¡**PLOF**! –

—¡RECÓRCHOLIS!

—¡GUAU, GUAU!

—¡JUA, JUA, JUA!

Una ardilla encaramada a la rama de un árbol...

¡**PLOF**!

—¡HIIIC!

—¡JUA, JUA, JUA!

La profesora de piano que pasaba por allí en bici...

¡PLOF! —¡MECACHIS!

—¡JUA, JUA, JUA!

Su hermana pequeña otra vez...

¡PLOF!

—¡Para ya! ¡No tiene gracia!

—¡Para mí sí que la tiene!

¡JUA, JUA, JUA!

El cartero...

¡PLOF! —¡CÁSPITA!

—¡JUA, JUA, JUA!

El gato del vecino...

¡PLOF!

—¡MIAU!

—¡JUA, JUA, JUA!

Una de las adoradas muñecas de su hermana...

¡PLOF! ¡PUMBA!

—¡JUA, JUA, JUA!

Un pájaro que iba volando tan ricamente...

¡PLOF! —¡CRUAC!

—¡JUA, JUA, JUA!

Y hasta un desdichado buzón de correos que estaba allí tan tranquilo, sin meterse con nadie...

¡PLOF! ¡CLANC!

—¡JUA, JUA, JUA!

A poco que pudiera, claro está, ¡Aitor volvía a atizar a su pobre hermana con un proyectil!

¡PLOF!

—¡AAAY! ¡Me has dado en el pompis!

—¡JUA, JUA, JUA!

—¿Te gustaría que te hiciera lo mismo, listillo?

—¡Eso nunca pasará!

—¡Algún día me las pagarás!

—Claro, pero, hasta entonces, ¡ahí va otra!

¡JUA, JUA, JUA!

¡PLOF!

Como les pasa a muchos niños traviesos, Aitor nunca tenía bastante. Siempre quería MÁS, MÁS y MÁS. En su caso, ¡eso significaba MÁS, MÁS y MÁS **CAOS**!

Arrojar bolas de nieve de una en una no estaba mal, pero a la larga se aburría y empezó a preguntarse si no habría alguna manera de lanzar dos bolas de nieve a la vez.

Aitor era diestro, pero se puso a practicar la puntería con la mano izquierda y, al poco, ya era capaz de atizarle a alguien con dos bolas de nieve a la vez, ¡una en cada mano!

Eso le permitía hacer una

¡DOBLE TRASTADA!

¡Podía alcanzar dos objetivos a la vez, como Gemma y su muñeca preferida!

¡PLOF!   ¡PLOF!

—¡ARGH!

¡PUMBA!

—¡JUA, JUA, JUA!

Aun así, Aitor no tenía bastante con dos bolas de nieve a la vez, de modo que se le ocurrió algo estrafalario: probar a lanzar bolas de nieve con los pies. ¡Sí, con los pies!

Así fue como aprendió a tumbarse de espaldas y lanzar bolas de nieve con las manos y los pies.

¡CUATRO A LA VEZ!

Una tarde puso en práctica su nueva habilidad en el jardín de casa. Esperó tumbado en la nieve a que Gemma volviera del cole con sus tres mejores amigas. ¡Eso sí que era una novedad para Aitor!

¡CUÁDRUPLE TRASTADA!

Escondido detrás de un arbusto, esperó pacientemente y, cuando vio que las niñas entraban en el jardín, ¡les arrojó cuatro bolas de nieve a la vez!

¡PLOF! ¡PLOF! ¡PLOF! ¡PLOF!

—¡AAAY! —¡UUUY! —¡ARGH! —¡CACHIS!

Al salir de clase, las tres niñas habían ido a merendar a casa de Gemma y a jugar con su gran colección de muñecas, pero ¡después de semejante recibimiento huyeron despavoridas!

—¡TE VOY A...!

Mientras Gemma daba un pisotón en el suelo, furiosa con su hermano...

¡ PAM !

... Aitor hacía lo de siempre: ¡partirse de risa!

—¡JUA, JUA, JUA!

Aunque tirar cuatro bolas de nieve a la vez era toda una hazaña, seguía sin ser bastante para él. Quería tirar más bolas de nieve a la vez que nadie en toda la historia de la humanidad, así que se propuso alcanzar una meta imposible: ¡lanzar cien bolas de nieve a la vez! Sus víctimas serían **todas y cada una** de las personas que había en la escuela.

Aitor no era el chico más popular del cole, lo que no es de extrañar, dado su empeño en atizar con bolas de nieve a todo el mundo, incluidos los profesores —sí, así de chulito era—, de modo que no le gustaba demasiado ir a clase. ¡Y ahora no se le había ocurrido otra cosa que estampar una bola de nieve en la cara del director, de los profesores Y de todos sus compañeros a la vez!

Como todos los humanos, Aitor no tenía suficientes manos y pies para arrojar cien bolas de nieve al mismo tiempo (si por casualidad habéis nacido con cincuenta manos, retiro lo dicho). No tardó en comprender que tendría que inventar algo si quería que su sueño se hiciera realidad. Así fue como empezó a darle vueltas a un **artilugio** que se convertiría en la mayor arma arrojadora de bolas de nieve de todos los tiempos.

El día en que arranca nuestra historia, Aitor empezó a trabajar en la máquina en cuestión. Había pasado la noche en blanco y, para cuando salió el sol, ya tenía los planos de su obra maestra, que bautizó como...

¡LA SUPERATIZADORA!

La **SUPERATIZADORA** se parecía un poquito a una catapulta medieval.

Estructura de madera

Cien manos que sujetan otras tantas bolas de nieve

Barreño de estaño para poner un contrapeso

Brazo gigante

Muelle

Cuerda

Ruedas

La teoría era que, en cuanto se quitara el contrapeso del barreño, las cien manos arrojarían sus bolas de nieve, todas a una.

Ahora venía la parte peliaguda: construir el artilugio. Pero ¿de dónde iba a sacar un chico de diez años todo el material que necesitaba?

Primero, cogió «prestada» del cobertizo del jardín la madera de la estructura. Estaba segurísimo de que su padre le diría que no si le preguntaba si podía destruir el cobertizo para usar los tablones, así que no se lo preguntó y listos. Ni corto ni perezoso, desmontó el cobertizo a hachazo limpio.

¡CHAS, CHAS, CHAS!

Luego fijó los tablones entre sí para armar la estructura de la **SUPERATIZADORA**.

Lo siguiente fue coger «prestadas» las ruedas de los patines de su hermana y fijarlas a la base del artilugio. Una vez más, decidió que era mejor no pedir permiso. ¡Qué fácil era todo si te lo proponías!

También iba a necesitar una cuerda, de modo que la

cogió «prestada» del tendedero de la casa, con todos los calzoncillos de su padre todavía colgados.

Entonces se fijó por casualidad en el **muelle** de juguete de su hermana. ¡Sería perfecto para la **SUPERATIZADORA**! Gemma estaba jugando a soltar el **muelle** desde lo alto de la escalera cuando su hermano mayor apareció en los escalones de abajo.

—¡Necesito tu **muelle** un momentito! —le dijo, subiendo a la carrera y cogiéndolo por el otro extremo.

—¡SUÉLTALO! —chilló Gemma.

—¡SUÉLTALO TÚ! —replicó Aitor, bajando los escalones y estirando el **muelle**.

—¡EL **MUELLE** ES MÍO! —protestó la niña.

—¡Que me lo des, he dicho!

—Y, si no, ¿qué?

—¡Te lo arrancaré de las manos! —la amenazó.

—¡Pues más te vale tirar con fuerza, porque **no** pienso soltarlo! —replicó Gemma, que no tenía un pelo de tonta. Su intención era soltar el **muelle**, pero quería hacerlo en el momento oportuno, cuando estuviera bien tenso…, ¡porque entonces rebotaría y le pegaría un buen LATIGAZO!

—¡TE ARRANCARÉ ESE MUELLE DE LAS MANOS! —chilló Aitor.

—¡ME GUSTARÍA VERLO!

—¡TRES! ¡DOS! ¡UNO! ¡ARGH!

En el instante en que Aitor dio el tirón definitivo, Gemma soltó el muelle, que salió disparado…

¡TOING!

… ¡y le dio a Aitor de lleno en la nariz!

¡ÑACA!

—¡Aaay! ¿Por qué has hecho eso? —gimoteó el chico.

—Has dicho que querías mi **muelle**, ¿no?

—Sí, pero... ¡Bah, olvídalo!

—¡Ji, ji, ji! —rio la niña.

«Quien ríe el último, ríe mejor...», se dijo Aitor para sus adentros. ¡Si su hermana supiera la TRASTADA que tenía entre manos...!

Ahora ya solo le faltaba una cosa para completar la **SUPERATIZADORA**: un centenar de manos.

Pero ¿de dónde iba a sacarlas? Aitor solo tenía dos, y no le apetecía demasiado deshacerse de ellas.

Esa última pieza parecía la más difícil de todas.

Entonces tuvo una idea.

Una idea **siniestra**.

Una idea **cruel**.

¡Una idea **tan** malvada que solo podría tenerla uno de los peores niños de todos los tiempos!

¡La colección de muñecas de su hermana!

Gemma tenía cincuenta preciosas muñecas que ocupaban un lugar de honor en las estanterías de su cuarto.

Esa noche, mientras la niña dormía, Aitor se coló en su habitación de puntillas.

Una tras otra, robó todas las muñecas de su hermana y las fue apilando en su propio cuarto. Luego, ya a salvo, echó el pestillo y cogió unas tijeras afiladas.

Os advierto que la parte que viene ahora puede herir vuestra sensibilidad. Aitor hizo algo tan horrendo que casi no me atrevo a contarlo (casi).

Sí, lo habéis adivinado.

¡Cortó las manos a las cincuenta muñecas!

¡CHAS, CHAS, CHAS!

¡En un visto y no visto, el despiadado niño tenía un centenar de manitas de plástico!

Lo que hizo entonces fue salir afuera con su botín. ¡Había llegado el momento de colocar todas esas manos en la **SUPERATIZADORA**!

Al terminar, Aitor retrocedió para contemplar su genial creación. Y en ese momento se dio cuenta de que había olvidado un último y fundamental detalle.

—¡El contrapeso! —exclamó.

Tenía que ponerlo en su sitio antes de cargar la **SUPERATIZADORA** con las bolas de nieve. ¡En cuanto lo quitara, el **muelle** rebotaría y todas las bolas saldrían disparadas a la vez!

Aitor correteó por el jardín en busca de algo que fuera lo bastante **pesado** para cumplir esa función.

¿Una maceta? No.

¿Un cubo de basura? No.

¿Un bebedero para pájaros? No.

De pronto, miró de reojo hacia la ventana de su hermana. Habría jurado que había visto movimiento detrás de las cortinas, pero tal vez fueran imaginaciones suyas.

¡Justo entonces tuvo una idea fulgurante!

¡ZAS!

¡CLARO! ¡La propia Gemma sería el contrapeso perfecto!

Aitor subió la escalera de puntillas y abrió con mucho sigilo la puerta de la habitación de su hermana.

La niña roncaba a pleno pulmón.

—¡JJJJJJRRRRRR!... PFFF...

Eso le extrañó un poco, porque nunca la había oído roncar, pero no le dio mayor importancia. Se la echó al

hombro como si fuera un saco de patatas, la cargó
escaleras abajo y la metió en el barreño.

¡CLONC!

Ahora que tenía el contrapeso perfecto,
¡Aitor estaba listo para ATIZAR SIN
PARAR!

—¡Menos mal que no se ha despertado!
—se dijo, extrañado.

Gemma seguía roncando tan ricamente,
y eso que la había dejado de pie en el barreño.

—¡JJJJJJRRRRRR!... PFFF...

Aitor se puso a hacer bolas con la nieve recién caída en
el jardín y las fue colocando en las manitas de plástico.

¡No tardó en reunir los cien proyectiles que necesitaba!
Entonces arrastró la **SUPERATIZADORA** por la nieve
hasta la escuela. Tenía que ser el primero en llegar.

Nada más entrar por la verja, cruzó el patio de recreo desierto y fue a esconderse, junto con su maléfico invento, detrás de los cobertizos de las bicicletas. Poco después empezaron a llegar los alumnos y profesores.

Cuando vio que el patio estaba lleno de gente, Aitor hizo bocina con las manos y, poniendo voz de **adulto**, anunció:

—ATENCIÓN: OS HABLA EL DIRECTOR. OS PIDO QUE OS REUNÁIS TODOS, TANTO ALUMNADO COMO PROFESORADO, EN EL PATIO, PUES TENGO ALGO QUE COMUNICAROS.

¡Cuál no sería su sorpresa al comprobar que todos le obedecían! Claro, porque no eran tan traviesos como él.

Su diabólico plan estaba saliendo a pedir de boca.

¡No tardaría en caerles encima una LLUVIA DE BOLAS DE NIEVE!

—¡JUA, JUA, JUA!

Gemma abrió un ojo con disimulo. Llevaba todo ese tiempo despierta, ¡esperando el momento ideal para contraatacar! Cuando Aitor la miró, cerró el ojo y fingió que roncaba.

—¡JJJJJJRRRRRR!... PFFF...

El chico arrastró la **SUPERATIZADORA** hasta el patio con su hermana dentro.

Las cien personas allí reunidas se quedaron boquiabiertas al verlo. ¿Qué demonios era esa cosa tan estrambótica?

¿Trozos de un cobertizo de jardín?

¿Una cuerda de tender con calzoncillos todavía colgados?

¿Un **muelle** de juguete?

¿Una niña en pijama, plantada en un barreño?

¿Ruedas de patín?

Y algo más raro todavía: ¡¿cien manitas de plástico, cada una de las cuales sostenía una bola de nieve?!

Mientras todos lo observaban sin salir de su asombro, Aitor puso la **SUPERATIZADORA** a punto para el ataque. Ahora los tenía al alcance de sus proyectiles. Solo le faltaba retirar el contrapeso para que el brazo de la catapulta se precipitara hacia delante y...

¡**PLOF**! ¡**PLOF**! ¡**PLOF**! ¡Cien veces **PLOF**!

Profesores y alumnos quedarían sepultados bajo una avalancha de BOLAS DE NIEVE.

—¡JUA, JUA, JUA!

Por suerte, Gemma tenía otros planes. De pronto, abrió los dos ojos y alertó a la multitud:

—¡CORRED, CORRED! ¡BOLAS DE NIEVE!

¡Y vaya si corrieron!

—¡GEMMA! ¡ESTÁS DESPIERTA! —bramó Aitor, furibundo.

—Qué listo eres… —le soltó ella con retintín.

—¿Qué haces? —preguntó su hermano.

—Vengarme por lo que les has hecho a mis pobres muñecas.

—¡Pe-pe-pero…!

—¡Ni peros ni peras, Aitor! ¡Ya va siendo hora de que te pague con la misma moneda! —gritó la niña.

Aitor intentó escabullirse, pero, como corría a tontas y a locas, no se dio cuenta de que se había puesto justo en la línea de fuego.

Gemma se bajó de la **SUPERATIZADORA**.

¡TOING!

El **muelle** se comprimió de golpe y las cien bolas de nieve salieron disparadas.

¡*FIUUU!*

Aitor miró hacia atrás, horrorizado, y vio el centenar de bolas de nieve.

¡*ZAS!*

¡Lo alcanzaron todas a la vez!

¡**PLOF!** ¡**PLOF!** ¡**PLOF!**

—¡ARGH! —chilló.

Pero nadie lo oyó, porque ¡había quedado atrapado dentro de una **gigantesca** bola de nieve!

—¡JA, JA, JA! —rieron todos, y Gemma la que más.

Aitor montó en **cólera**. No soportaba que le tiraran bolas de nieve, y de pronto se veía **atrapado** en una, petrificado de frío en el centro de una **gigantesca** bola helada. Por más que se retorciera intentando liberarse, lo único que conseguía era que la bola de nieve gigante rodara...

¡TRACATRÁ!

Y que, al hacerlo, fuera recogiendo toda la nieve que había caído en el patio de la escuela. Con lo que se hizo

más GRANDE...

...ENORME...

...INMENSA.

¡TRACATRÁ!

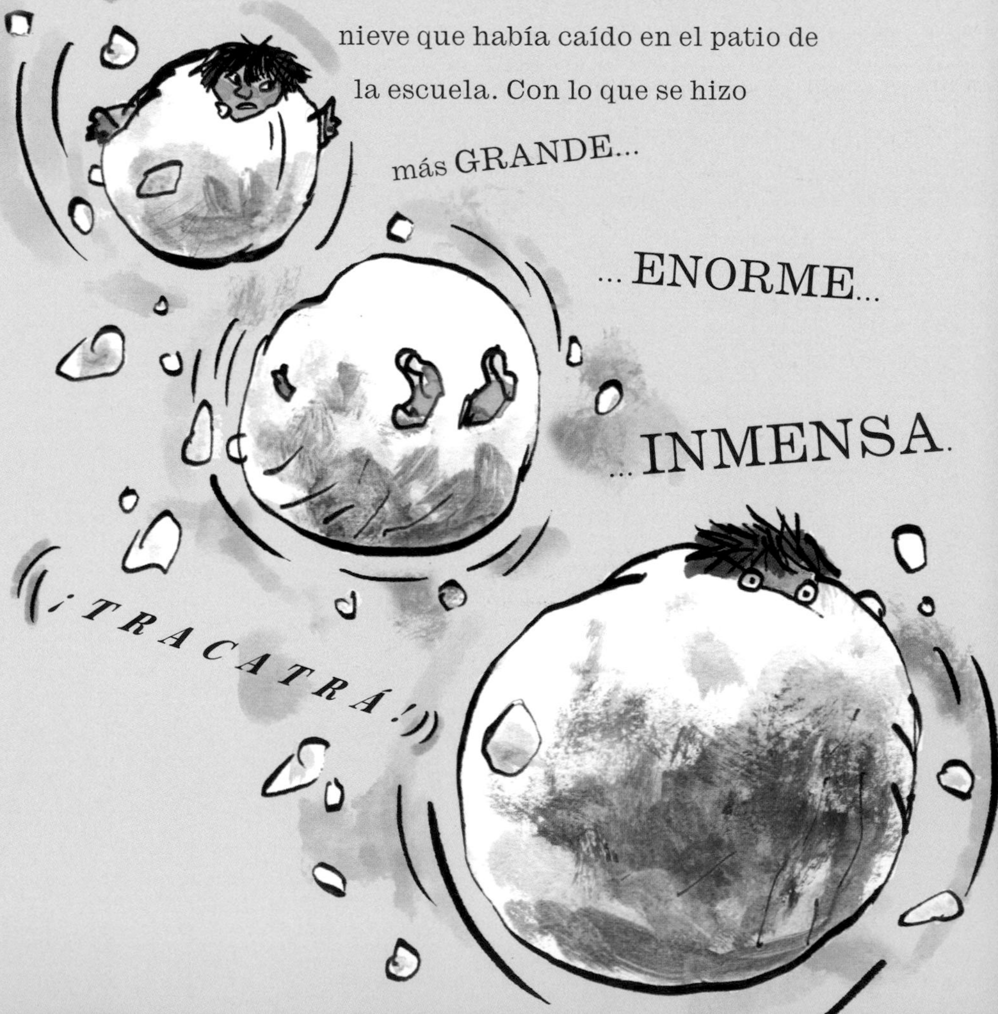

Gemma estaba hasta el moño de su hermano mayor, pero tampoco quería que quedara atrapado **para siempre** en una bola de nieve gigante.

—¡HAY QUE SACARLO DE AHÍ! —gritó, pidiendo auxilio.

Todos los que estaban en el patio echaron a correr detrás de la bola de nieve y, después de adelantarla, la empujaron en la dirección contraria. Sin embargo, lejos de detenerse, la bola de nieve siguió rodando y rodando sin control.

¡TRACATRÁ!

¡Cuanto más rodaba, más capas de nieve acumulaba y más GRANDE, ENORME, INMENSA se hacía!

Ahora era mayor incluso que un globo aerostático. ¡La peor pesadilla de Aitor se había hecho realidad! ¡Para colmo de males, la bola de nieve gigante iba derecha hacia la **SUPERATIZADORA**!

¡TRACATRÁ!

Gemma se apartó de un salto para que no la arrollara.

¡ZAS!

¡La bola de nieve gigante se estrelló contra la **SUPERATIZADORA**!

¡CATAPUMBA!

Y ambas acabaron hechas trizas.

¡CATACROC!

Aitor aterrizó de morros en la nieve.

¡CHOF!

Estaba tan helado que parecía más bien
un *polo gigante*.

¡Por fin, Aitor el Atizador tenía su merecido!

—¡JA, JA, JA! —rio la escuela al completo.

Ese día dejaron a Aitor pegado a la calefacción
hasta que se acabaron las clases para que se fuera
descongelando.

Como os podéis imaginar, Gemma no iba a permitir que
su hermano olvidara fácilmente lo sucedido. Para hacer
las paces, lo obligó a...

Reconstruir el cobertizo...

Colgar la cuerda de tender...

Lavar y planchar todos los calzoncillos de su padre...

Reparar sus patines...

Comprarle un nuevo **muelle** de juguete...

Y, lo más importante de todo,
pegar las manitas de **todas**
sus muñecas.

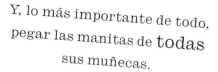

Por último, Gemma lo obligó a hacer una promesa solemne.

—¡Juro que **nunca más** volveré a tirar una bola de nieve! —anunció el chico.

—Gracias, Aitor —dijo Gemma.

—Y ahora, si no te importa, salgo un momento a comprar una bolsa tamaño industrial de… **¡GLOBOS DE AGUA!**

—¡NOOOOOOOOOOOO! —exclamó la niña.

—**¡JUA, JUA, JUA!**

A ver, ¿qué esperabais? Si Aitor figura entre los peores niños del mundo, ¡por algo será!

¡BOING!

¡CHOF!

¡BASTA DE BOLAS DE NIEVE!

Anacleta PEDORRETA

SONRISA TRAVIESA

BARRIGA LLENA DE GAS

POMPA DEL POMPIS

Anacleta
PEDORRETA

Érase una vez una niña a la que todos conocían como
ANACLETA PEDORRETA.

Cuando era un bebé, Anacleta descubrió que tenía un gran
talento para expeler ventosidades. Bombas fétidas,
burbujas **DE METANO**, *gorgoritos anales* ERUCTOS DESENCAMINADOS,
granadas de «ano», tracas de feria, llamadlos como queráis,
pero Anacleta se lo pasaba en grande soltando toda clase
de flatulencias.

De hecho, se le daba tan bien que habría podido competir en un concurso mundial de ventosidades representando a su país.*

Las ventosidades de Anacleta venían en toda clase de formas y tamaños. Podían ser silenciosas, sonoras o directamente ensordecedoras, **LARGAS** o **breves**; las había que sonaban como una ametralladora, ¡ratatatá!, y también las había explosivas.

El peculiar talento de Anacleta horrorizaba a todos los que tenían la desgracia de estar cerca de ella. Pero la niña era una granuja de mucho cuidado y le encantaba desatar el caos con sus flatulencias. Había causado ESTAMPIDAS en el supermercado, CARRERAS en la iglesia y PÁNICO en la pastelería.

No era raro que alguien acabara arrollado mientras intentaba escapar de aquel hedor.

* Si existiese, claro está, una competición internacional que premiara las ventosidades especialmente sonoras o hediondas, algo que por desgracia no existe a fecha de hoy.

Anacleta se **empeñaba** en comer toda clase de alimentos flatulentos para tener todavía más ventosidades. He aquí algunos de los que consumía en cantidades industriales:

Alubias en salsa

Castañas asadas

Potaje de lentejas

Gachas de avena

Chicles

Polvos pica-pica

Patatas y boniatos

Puré de guisantes

Alcachofas

Huevos duros

Gaseosa

Ciruelas pasas

Repollo

Ajo

Rábanos

Coliflor

Plátanos blandengues

Cebolla cruda

Coles de Bruselas

Garbanzos

En el cole, los profesores expulsaban a Anacleta de clase a menudo por sus «emisiones». Ella siempre sostenía que había sido un accidente, pero lo cierto es que lo hacía a propósito.

Todas y cada una de las veces.

Y siempre que eso ocurría, el estruendo era tal, y el hedor tan nauseabundo, que había que evacuar a toda la clase. Anacleta solía acabar en el despacho de la directora, donde por lo general le caía un buen **rapapolvo**.

—Anacleta, me has **decepcionado** muchísimo —le anunció la directora el día que empieza nuestra historia. La mujer había dejado la puerta del despacho abierta como medida de precaución, no fuera la pequeña **pedorrera** a hacer de las suyas.

—Lo siento, señora directora —se disculpó Anacleta sin poder reprimir una sonrisita maliciosa.

—Con esta van ya doce veces esta semana que algún profesor te envía a mi despacho. ¡Y solo estamos a martes!

—¡He dicho que **lo siento**!

—¡Con que lo **sientas** no basta! Hoy la señorita Hipotenusa ha tenido que expulsarte de clase de Matemáticas por hacer «más ruido que un castillo de fuegos artificiales». Ayer tu pobre profesora de Historia, la señorita Alcanfor, llegó incluso a desmayarse en clase a causa del hedor y tuvieron que acompañarla a la enfermería.

—Para mí que fue la propia Alcanfor la responsable del hedor —insinuó Anacleta, muy orgullosa de su rima.

—Señorita Alcanfor, querrás decir, y para que lo sepas, en los veinte años que lleva trabajando en esta escuela jamás ha llegado a mi conocimiento que la señorita Alcanfor haya causado ningún hedor. ¿Qué tienes que decir en tu defensa?

Una idea malvada cruzó la mente de la joven.

¡PPPFFFFFF!, se oyó.

Hubo una pausa mientras la NUBE PESTILENTE se esparcía por toda la habitación. Finalmente, aquella **FETIDEZ** indescriptiblemente nauseabunda llegó hasta las fosas nasales de la directora, que corrió a taparse la boca y la nariz con un pañuelo.

—¡Serás descarada! —gritó mientras **ANACLETA PEDORRETA** se esforzaba por reprimir una carcajada—. ¡Fuera! ¡Vete de mi despacho ahora mismo!

La directora echó a la niña de la habitación tan deprisa como pudo.

—¡Fuera, fuera, FUERA!

¡PFFF! ¡PFFF! ¡PFFF! ¡PFFF!

Con cada paso que daba hacia la puerta, Anacleta expelía una pequeña «pompa del pompis» en dirección a la mujer.

—Como te atrevas a soltar una sola ventosidad más, te expulsaré de la escuela, ¿me oyes? ¡TE EXPULSARÉ!

—gritó la directora a pleno pulmón, y luego dio un sonoro portazo.

¡PAM!

Anacleta volvía a estar sola en el pasillo. Bastante satisfecha consigo misma, se fue dando saltitos y expeliendo pequeñas bombas fétidas por el camino.

¡PFFF! ¡PFFF! ¡PFFF! ¡PFFF!

Como no quería volver a clase de mates, buscó un aula vacía en la que esconderse hasta la hora del recreo. Acabó recalando en el aula de música, donde encontró una serie de instrumentos listos para que los alumnos los tocaran.

Como era de esperar, se sintió atraída por la sección de viento. El saxofón, la trompeta, el trombón, la tuba, todos relucían en sus respectivos soportes. El más voluminoso de todos era la tuba, y Anacleta se acercó despacio a ella, como si estuviera en trance. La niña no tenía ninguna habilidad musical, y cuando sopló en la boquilla del instrumento lo más que consiguió fue que el aire retumbara desafinadamente en su interior, produciendo un sonido lastimero.

Sin embargo, justo cuando estaba a punto de rendirse, se le ocurrió una travesura. Sosteniendo la campana de la tuba a su espalda, a la altura del trasero, soltó

una sonora traca de pedos.

La tuba emitió una larga nota grave.

DOOOOOOOOOOOOooooooooooooo

Gratamente sorprendida
por el resultado, Anacleta volvió
a probar suerte. Esta vez emitió tres
notas más breves y agudas, en rápida
sucesión:

¡DI **DA,** DI **DA,**

DI DA!

Empezaba a cogerle el tranquillo.

Poco después, Anacleta empezó a juntar notas para formar
algo parecido a una melodía. No sonaba como la música
clásica, sino que recordaba más bien a alguna forma de
free JAZZ.

DOO **DUM** DOO **DUM** DII DA DA **DUM!**

Encantada con su descubrimiento, Anacleta empezó a dar vueltas por la habitación con la tuba pegada al trasero. Los sonidos que para entonces producía eran asombrosamente armoniosos.

¡¡¡DU DAM, DU DAM, DI DA, DUM DU, DUM DAM, DA DUM, DU DAM, DU DAM, DA DAM!!!

Justo entonces el anciano profesor de Música, el señor Tintineo, pasó por delante del aula y, al oír aquella música, se detuvo en seco. En todos los años que llevaba dando clases, jamás había oído a ningún alumno tocar de un modo tan sublime. Se emocionó hasta las lágrimas. Cuando abrió la puerta del aula, la música y la pestilencia salieron flotando al mismo tiempo.

Al principio, el profesor de Música se quedó **horrorizado** al ver uno de sus adorados instrumentos musicales **convertido** en altavoz de las ventosidades de una niña. Estaba a punto de decirle a Anacleta que lo soltara, pero la belleza de la música se lo impidió. Se elevaba en el aire con tal delicadeza que ablandó el corazón del viejo profesor. Aquella jovencita era un **prodigio** musical. ¡Podría convertirse en una de las mayores intérpretes de la historia, capaz de llenar con sus conciertos los auditorios de todo el mundo! En cuanto al señor Tintineo, ya se veía pasando a la posteridad como el humilde profesor de Música que había descubierto a semejante talento.

—¡Anacleta! —exclamó—. ¡Eres un genio!

—No soy yo, señor, es mi pompis soltando sus pompas sonoras —replicó la niña.

—Lo sé, sigue así. ¡El sonido que producen esas pompas sonoras es **magnífico!**

—Si usted lo dice...

Ni corto ni perezoso, el profesor de Música se presentó esa misma noche en casa de **ANACLETA PEDORRETA** para comentar su plan magistral a los sufridos padres de la niña. Estos se mostraron encantados de que el dudoso «don» de su hija pudiera al fin serles de alguna utilidad, y más encantados todavía de que el plan del profesor la obligara a pasar más tiempo fuera de casa. Así no tendrían que sentarse a ver la tele con pinzas en la nariz.

Al día siguiente, en la escuela, el señor Tintineo regaló a Anacleta algo muy especial: una reluciente tuba nueva.

—Vamos a ver, Anacleta —empezó el señor Tintineo—. ¡Quiero que practiques sin parar hasta que se te duerma el pompis!

—¡Sí, señor!

—He reservado la mayor sala de **conciertos** del mundo para lanzar tu carrera artística por todo lo alto: ¡¡¡EL ROYAL ALBERT HALL DE LONDRES!!!

¡PFFF!, hizo el trasero de la niña.

—¿Lo has hecho adrede? —preguntó el profesor de Música.

—No, señor. Son los nervios.

Tan entusiasmado estaba el señor Tintineo con el talento de su protegida que no dudó en invitar a los mayores compositores y directores de orquesta de todo el mundo para el concierto de debut de Anacleta. Hasta invitó a la familia real, más concretamente a los duques de Aquí y Acullá.

Mientras tanto, Anacleta cumplía a rajatabla las órdenes del señor Tintineo. Todos los días, al salir de clase, se pasaba horas en el aula de música practicando con la tuba. Había tal concentración de **gases tóxicos** en la habitación que la pintura se había desgajado de las paredes, para regocijo de la niña. Cada vez quedaba menos para que llegara su gran noche...

* * *

Y por fin llegó el momento tan ansiado. **ANACLETA PEDORRETA** iba a hacer su debut mundial en el ROYAL ALBERT HALL de Londres.

ESTA NOCHE
EN
EL ROYAL ALBERT HALL,
UN PRODIGIO MUSICAL:
RECITAL
DE GAS JAZZ
A CARGO DE LA SEÑORITA
ANACLETA PEDORRETA

Entre bastidores, en su enorme camerino, **ANACLETA** se disponía a hacer los últimos preparativos antes de salir al escenario, que consistían en devorar la mayor cantidad posible de sus alimentos preferidos, esos que le producían tantos gases.

gachas de avena

huevos

alubias

potaje de
lentejas

castañas

crema de
guisantes

coliflor

lentejas

polvos pica-pica

y batido de
ciruelas

batido

repollo

Lo mezcló todo en una olla gigante

y lo **engulló** de una sentada.

Para asegurarse de que tendría **suficiente** gas para
todo el concierto, lo remató con una enorme botella de
gaseosa.

La barriga de **ANACLETA**

parecía una olla
a presión.

—¿A que es genial, señor? ¡Creo que voy a explotar!
—dijo—. Tengo suficiente gas para tocar durante horas
—añadió. Muy contenta, se subió a una cama elástica
y se puso a contar hacia atrás mientras rebotaba arriba y
abajo:

—*¡Trescientos!*

¡Doscientos noventa y nueve!

¡Doscientos noventa y ocho!

Un diminuto
pedito se escapaba
del pompis de Anacleta
con cada rebote.

¡BOING,
BOING,
BOING!

Tras rebotar durante más de una hora, la comida y la
bebida se habían mezclado en su barriga de un modo
maravilloso. O espantoso, según se mire.

Mientras tanto, los distinguidos invitados se habían ido acomodando en el auditorio. Hasta los duques de Aquí y Acullá habían venido, él luciendo un esmoquin de terciopelo, ella un vestido de gala y una tiara de diamantes.

Las luces se apagaron y un potente foco alumbró la figura del señor Tintineo, que salió con su paso cansino al escenario de la gran sala de conciertos.

—Altezas, autoridades presentes, damas y caballeros, les doy la bienvenida a una velada muy especial. Esta noche tengo el honor de presentar mi gran descubrimiento, ¡una niña que hace tan solo un mes no había tocado un instrumento musical en su vida!

Se oyeron exclamaciones de incredulidad entre el público.

—¡Por favor, por favor! —suplicó el señor Tintineo, tratando de acallar un murmullo que crecía por momentos—. Les aseguro que no les decepcionará. Esta jovencita es una de las mayores intérpretes de FREE JAZZ de nuestros tiempos. Qué digo, ¡DE TODOS LOS TIEMPOS!

El público aplaudió con entusiasmo. El señor Tintineo sonrió y se inclinó antes de proseguir.

—Damas y caballeros, con todos ustedes...

¡ANACLETA PEDORRETA!

Cuando la niña salió al escenario, el público se quedó boquiabierto. ¡Tenía que haber algún error!

Aquella niña era demasiado **PEQUEÑA**
para ser una gran intérprete
de tuba.

Anacleta sonrió y se inclinó ante el público. Al hacerlo, se le escapó una pequeña *traca* de ventosidades. El señor Tintineo la observaba nervioso entre bambalinas. Por suerte, Anacleta estaba en la parte posterior del escenario, por lo que nadie pareció oír sus flatulencias, aunque uno de los técnicos que estaba entre bastidores se desmayó en el acto. A continuación, **ANACLETA** dio la espalda al público y se colocó la tuba en el **pompis**. Estaba lista para su recital de gas jazz.

¡PERO...!

El público parecía escandalizado. Aquello era de una grosería sin precedentes. ¡Y nada menos que en el ROYAL ALBERT HALL, que no es una sala de conciertos cualquiera, sino la preferida de la familia real británica!

Por unos segundos, parecía que el público iba a montar en cólera. Anacleta miró al señor Tintineo, que le indicó por señas que empezara de una vez.

La niña obedeció.

Al instante, la sala se llenó de música celestial. El público enmudeció, estupefacto. La melodía que **ANACLETA PEDORRETA** producía era de una belleza indescriptible. Unas pocas notas le bastaron para conquistar a todos los presentes, que se rindieron a sus pies, o mejor dicho, a su pompis.

Aquel concierto marcaría un hito en la historia de la música universal, el señor Tintineo estaba convencido de ello.

Sin embargo...

... después del atracón de comida **flatulenta** regada con gaseosa, por no hablar de lo mucho que había botado arriba y abajo en la cama elástica, **ANACLETA** expelía unas ventosidades especialmente apestosas.

El hedor era tal que, al **introducirse en las FOSAS** nasales, producía una terrible quemazón.

Ni que decir tiene, queridos lectores, que este es el momento de nuestra historia en que las cosas empezaron a **torcerse sin remedio.**

El profesor de Música se percató de que, uno tras otro, los espectadores se iban desmayando como flores abrasadas por el sol. Los primeros en caer fueron los de la fila uno, donde estaban los duques.

Luego los de la segunda fila.

Luego los de la tercera. Como una **poderosa** riada, la pestilencia lo barría todo a su paso.

Mientras, Anacleta seguía a lo suyo, expeliendo más gases por el pompis. Poco después, todo el público había perdido el conocimiento.

El señor Tintineo se echó al escenario para detener a Anacleta, pero el hedor se lo impidió. El hombre se precipitó desde lo alto del escenario y aterrizó de cabeza en el foso de la orquesta.

¡CLONC!

De pronto, Anacleta comprendió que, por más que

QUISIERA,

NO PODÍA DEJAR DE EXPELER VENTOSIDADES.

Hasta ese momento había podido soltar sus tracas

a voluntad.

Pero ahora había perdido

todo control sobre su

pompis

Nada podría

detener el gran

ESTALLIDO.

y su vientre

lleno de gases

se INFLABA

a un ritmo

alarmante.

Su pompis

estaba a punto

de provocar una

¡EXPLOSIÓN ATÓMICA!

Hubo unos segundos de inquietante silencio...

Y luego Anacleta soltó una traca de pedos tan portentosa
que la hizo salir disparada como un cohete.

¡FIUUU!

Los gases la propulsaron violentamente hacia

arriba y, agarrada a su tuba, atravesó

el techo

abovedado del

ROYAL ALBERT HALL.

¡CATACRAC!

Anacleta surcó el cielo estrellado a la

velocidad de la luz, yendo

derecha hacia el **ESPACIO EXTERIOR.**

¡ZUUUM!

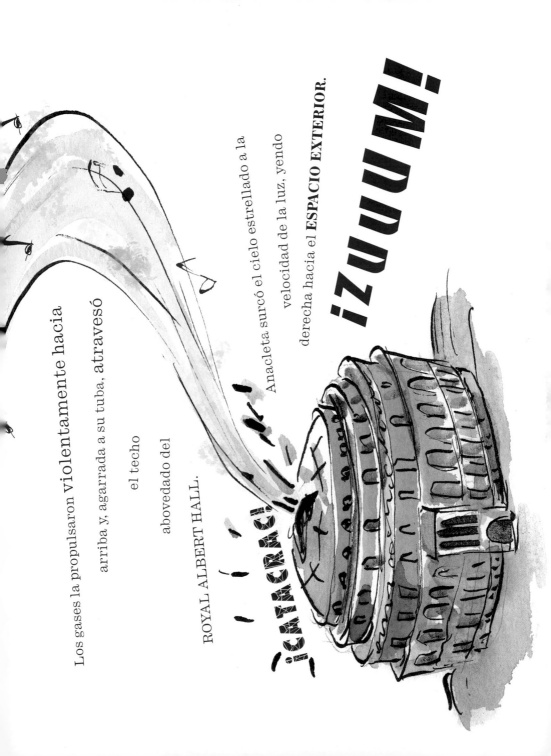

Allá arriba, en la **Estación Espacial** Internacional, los astronautas que estaban de guardia ese día informaron de que habían oído algo parecido al free JAZZ que sonaba de fábula. Creyendo que quizá se tratara de alguna forma de vida extraterrestre intentando establecer comunicación con la raza humana, se pusieron los trajes espaciales y salieron a toda prisa, pero se quedaron boquiabiertos al ver...

a una niña que pasaba zumbando con una tuba pegada al pompis y en el rostro una expresión de puro pánico.

Aquella fue la última vez que alguien avistó a **ANACLETA PEDORRETA**.

¿Y cuál es la **moraleja**?, os preguntaréis.

Pues que andar soltando **ventosidades** a **diestro** y **siniestro** no tiene ni **PIZCA DE GRACIA**. Por eso jamás me rebajaré a escribir una sola línea sobre ese tema.

¡NO MÁS POMPAS DEL POMPIS!

Agustín
el
AGUAFIESTAS

AGUSTÍN EL AGUAFIESTAS SE LAS HABÍA arreglado para cumplir doce años sin sonreír una sola vez. Todo se lo tomaba muy en serio. Era demasiado **estirado** para participar en nada que pudiera considerarse DIVERTIDO. La alegría y la risa eran conceptos desconocidos para él. Jamás veía dibujos animados, ni se entretenía con juegos de ningún tipo, ni iba a fiestas de cumpleaños.

En la escuela, los demás niños intentaban incluirlo en sus juegos, pero Agustín prefería pasar el tiempo a solas, enfrascado en sus pasatiempos, que eran a cuál más aburrido.

Agustín tenía una inigualable

colección de sacapuntas, y los fines de semana se dedicaba a fotografiar los **semáforos** para luego pegar las fotos en una serie de álbumes que llevaban por título «Semáforos 1-217».

Sin embargo, el pasatiempo preferido de Agustín era un juego que él mismo había inventado y que consistía en intentar adivinar de qué metales estaban hechos distintos objetos.

—Creo que el citado objeto «tostadora» está hecho de acero —anunció el chico una mañana, mientras estaba en la cocina con su sufrida madre. La ropa de Agustín era como un uniforme. Siempre se ponía zapatos de cordones de color gris, pantalón gris y camisa gris cerrada hasta el último botón.

A diferencia de **Agustín**, su madre era una persona alegre y dicharachera, una mujer grandota con debilidad por la ropa de colores chillones y llamativos patrones florales. Sin embargo, le preocupaba cada vez más que su hijo no supiera reír, ni sonreír siquiera.

Por darle el gusto, la mujer cogió la tostadora y leyó la inscripción de la base.

—¡Has vuelto a acertar, Agustín! —farfulló con todo el entusiasmo del que fue capaz.

—Bien, madre. Ahora pasemos al citado objeto «soporte para rollo de papel higiénico». Estoy convencido de que está hecho de aluminio.

—¡Correcto de nuevo, Agustín! Qué **chulo** es este juego, nunca me canso de él —mintió ella. Luego, haciendo acopio de valor, añadió—: Hijo, me estaba preguntando si hoy te apetecería hacer algo DIVERTIDO.

—¿DIVERTIDO? —replicó Agustín—. Madre, ¿a qué te refieres exactamente con eso de «DIVERTIDO»?

—Bueno, ya sabes... me refiero a pasarlo bien.

—¿Pasarlo bien?

—Sí. Podemos pasarlo bien en muchos sitios... por ejemplo, en el zoo. Ver a los orangutanes jugando entre sí puede ser muy divertido —explicó la mujer.

—No lo creo, madre —replicó el chico sin mover un solo músculo de la cara—. Los orangutanes no son más que monos de color naranja. ¿Qué tiene eso de divertido?

Su madre soltó un suspiro y lo intentó de nuevo.

—Bueno, pues podríamos ir a la feria. Siempre es gracioso perderse en el laberinto de los espejos.

—Madre, ¿cómo puedes decir que algo así es... —Agustín apenas podía pronunciar la palabra— ... **GRACIOSO**?

—Bueno... —**No** era fácil explicárselo a alguien sin sentido del humor—. ¡Te miras en un espejo y te ves alto y delgado!

El chico no se inmutó.

—Continúa, madre, por favor...

—Y luego... ejem...

Agustín la miraba fijamente sin disimular su desdén.

—... luego te miras en el espejo siguiente y, como por arte de magia, ¡te ves bajito y gordo! **¡Ja, ja, ja!**

Su risa se interrumpió en seco cuando vio que Agustín la miraba con el ceño **fruncido**.

—Madre, yo no soy ni alto y delgado, ni bajito y gordo. ¿Por qué no pueden los espejos del laberinto ser normales y corrientes, recubiertos, claro está, con una buena capa de aluminio?

—¡Porque si así fuera, Agustín, no tendrían ni pizca de gracia! —replicó su madre, exasperada—. Escucha, hijo, olvidémonos del zoo y de la feria, porque se me acaba de ocurrir algo **mejor todavía**.

—¿De veras?

—**¡SÍ!** ¡Esta mañana me he enterado de que ha llegado el **CIRCO** a la ciudad!

Agustín arrugó la nariz, pero su madre no se dejó intimidar.

—Podríamos ir a ver a los payasos. ¡Siempre consiguen que el público se desternille de risa!

—Y esos payasos de los que hablas son graciosos, ¿tú crees?

—¡Oh, vaya si lo son, Agustín! ¡Para mondarse de risa! —contestó la mujer al instante. Parecía que por fin había conseguido que su hijo mordiera el anzuelo. No podía dejarlo escapar—. ¡Verás, siempre llegan a la carpa del circo montados en un coche ridículamente pequeño, y antes incluso de que se bajen las portezuelas del coche van y se caen!

¡Ja, ja, ja, ja, ja!

Agustín parecía absorto en sus pensamientos.

—Madre, ¿de qué metal está hecho el citado coche?

Su madre negó con la cabeza.

—No lo sé, hijo mío. Esa no es la cuestión.

—¿Podría ser de acero?

—No lo sé. Y luego los payasos se bajan del coche, y todos llevan grandes cubos de agua, y...

—Madre, ¿de qué metal están hechos los citados cubos?

—¡No **lo sé!**

—*¿De cinc?*

—¡Hijo mío, por lo que más quieras! ¿A quién le importa de qué dichoso metal están hechos los cubos?

Si las miradas mataran, la madre de Agustín habría caído fulminada allí mismo.

—A mí me importa, y mucho, madre. Llevo estudiándolos desde que tenía dos años —continuó Agustín, muy serio—. Sus propiedades me parecen fascinantes. ¿Sabías, por ejemplo, que el símbolo químico de la plata es **Ag**, porque viene del latín *argentum*?

—Ya, ya, seguro que todo eso es fascinante, pero...

—Desde luego que lo es, madre. Así que no cuentes conmigo para ir al mencionado zoo, la mencionada feria o el mencionado circo. Y ahora, si no te importa, me espera mi colección de **ralladores** de cocina.

Agustín salió de la cocina con paso resuelto y subió a su **habitación**.

Las paredes del cuarto de Agustín estaban pintadas de **gris**. La cama era **gris**, la funda nórdica era **gris**, las cortinas eran **grises**. A veces resultaba difícil distinguirlo, porque su ropa también era toda **gris**.*

* El gris era el color preferido de Agustín porque era también el color de la mayor parte de los metales. A excepción del oro, que era dorado. Y la plata, que era plateada. Pero el plateado se parecía un poco al gris. Según Agustín, cualquier color que no fuera el gris era «demasiado llamativo».

Agustín se pasó el resto del día encerrado en la habitación, contemplando sus **ralladores**.

Su madre tenía instrucciones de dejarle junto a la puerta una bandeja con la cena, que consistía en un plato de guisantes fríos. Eso era lo único que Agustín comía para desayunar, almorzar y cenar. Boles o platos repletos de la verdura más aburrida del mundo.

A la mañana siguiente, la madre de Agustín se despertó más preocupada que nunca. Su hijo tenía doce años. Pronto sería un adolescente, y quería que experimentara todas las cosas que los niños deben vivir antes de que sea demasiado tarde. *Alegría. Risa. Diversión. Amistad.*

Mientras sacaba la enésima bolsa de guisantes del congelador para preparar el desayuno de Agustín, comprendió que DEBÍA TOMAR MEDIDAS DRÁSTICAS SI QUERÍA LLEGAR A VER UNA SONRISA EN EL ROSTRO DE SU HIJO.

Tras investigar un poco, encontró el siguiente anuncio en un diario:

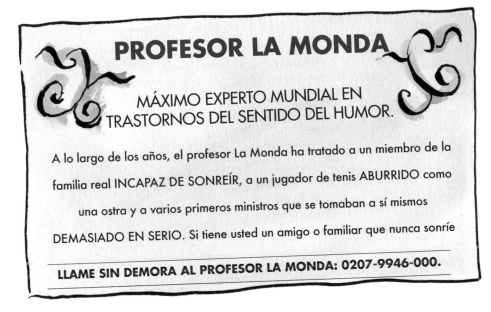

PROFESOR LA MONDA

MÁXIMO EXPERTO MUNDIAL EN TRASTORNOS DEL SENTIDO DEL HUMOR.

A lo largo de los años, el profesor La Monda ha tratado a un miembro de la familia real INCAPAZ DE SONREÍR, a un jugador de tenis ABURRIDO como una ostra y a varios primeros ministros que se tomaban a sí mismos DEMASIADO EN SERIO. Si tiene usted un amigo o familiar que nunca sonríe

LLAME SIN DEMORA AL PROFESOR LA MONDA: 0207-9946-000.

La madre de Agustín llamó al número del anuncio y pidió cita para el día siguiente.

La consulta del profesor La Monda quedaba en el centésimo piso de un hospital. Había numerosos diplomas médicos en las paredes, una vitrina de cristal repleta de premios e incluso un enorme retrato al óleo del profesor **detrás** de su escritorio. No había duda de que era el mejor en su especialidad.

Agustín se quedó en la salita de espera, hojeando la revista *Cucharas de ensueño* mientras su madre se lo contaba todo al profesor. Le habló de la **colección de sacapuntas** de su hijo, del régimen de guisantes fríos y de sus 558 álbumes de **fotos de semáforos**. Luego le contó que Agustín no se había reído, ni tan siquiera sonreído, una sola vez en toda su vida.

—¡Este es sin duda el caso más grave de TRASTORNO DEL SENTIDO DEL HUMOR que ha llegado a mi consulta en todos los años que llevo ejerciendo la medicina! —exclamó el profesor La Monda, muy emocionado—. ¡Si consigo que su hijo Agustín sonría, pasaré a la posteridad como uno de los **mayores** científicos de todos los **tiempos!**

Pese a tratarse de un experto en la materia, la madre de Agustín no veía nada claro que el profesor fuera a lograrlo.

—Pero ¿cómo demonios va a conseguirlo, profesor? Yo lo he **intentado** absolutamente todo.

Con un gesto teatral, el profesor descorrió una cortina.

—Permita que le enseñe mi creación más **reciente**…

¡¡¡COSQUILLEITOR 3000!!!

¡Era un

ROBOT GIGANTE!

En lugar de brazos, tenía un

montón de largos tentáculos metálicos.

—¡Ahí va! —exclamó la madre de Agustín.

—¡Ahí va, en efecto! —asintió el profesor—. Mi **Cosquilleitor 3000** hará que su hijo se revuelque de risa en menos que canta un gallo. ¡Vaya a llamarlo ahora mismo!

La madre de Agustín se asomó a la salita de espera.

—Ven, hijo mío, por favor.

—Pero, madre, estoy leyendo un artículo fascinante sobre los distintos tipos de metal usados para fabricar cucharas de todos los tamaños y formas —replicó el niño sin apartar los ojos de la revista.

—¡He dicho que VENGAS! —ordenó su madre.

A regañadientes, Agustín dejó a un lado su ejemplar de *Cucharas de ensueño* y entró en el despacho del profesor.

—Es un placer conocerte, joven —dijo el profesor La Monda con una sonrisa amable.

El chico se quedó allí plantado, mirando al hombre fijamente con su habitual cara de vinagre.

—¡¡¡Ya sé que seguramente no me creerás, pero este robot va a hacer que te rías a carcajadas!!!

—anunció el profesor.

—¿De qué **metal** está hecho el mencionado robot?

—preguntó el chico.

—¿Cómo dices? —replicó el profesor, un tanto desconcertado por aquella pregunta absurda.

—¿De qué **metal** está hecho el mencionado robot? Yo creo que... —Agustín observó la máquina de arriba abajo—. ... *¡HOJALATA!*

—Lo hace a todas horas —reveló su madre entre dientes.

El profesor soltó un suspiro y fue a ver qué ponía en la espalda del robot.

—¡Tienes razón! Es de hojalata. Bueeeno, ahora que todos estamos al corriente de ese dato tan fascinante, voy a encender el

COSQUILLEITOR 3000

en

tres,

dos,

uno...

El profesor accionó un interruptor lateral y el aparato se puso en marcha con un parpadeo. Las luces se encendieron y el robot empezó a pitar.

¡PIP! ¡PIP! ¡PIP!

A continuación, dos de sus tentáculos se alargaron hacia el chico.

Agustín intentó huir, pero los ganchos que había al final de los tentáculos lo inmovilizaron.

—¡Esto no me gusta! —protestó.

—Te prometo que no te dolerá —le aseguró el profesor. Entonces apretó más botones y otros dos tentáculos se extendieron y empezaron a **cosquillear** a Agustín.

Los tentáculos lo manoseaban allí donde se supone que todos tenemos más cosquillas.

Primero debajo del **mentón**,

luego en las plantas de los **pies**

y por último en el lugar más **sensible** de todos,

las **axilas**.

El profesor La Monda y la madre del chico observaban su rostro en busca del más leve indicio de sonrisa.

En vano.

Agustín tenía la misma cara de malas **pulgas** de siempre.

—Esto es sumamente extraño. Insólito, diría incluso. ¡Voy a aumentar la potencia! —anunció el profesor.

En el pecho del robot había un mando giratorio que ponía «POTENCIA COSQUILLEADORA». Cuando el profesor lo rodó, la flecha pasó del número TRES al NUEVE. Después venía el DIEZ, y luego una franja roja con la inscripción

¡PELiGRO!

Ahora los tentáculos se movían mucho más deprisa que antes. De hecho, recorrían todo el cuerpo del chico en busca de nuevos lugares en los que hacerle cosquillas. Las *rodillas*. *La barriga*. Incluso las *orejas*. La potente creación del profesor La Monda no dejó un solo palmo sin explorar.

Una vez más, el profesor y la madre de Agustín estudiaron el rostro del chico. Y una vez más, no hubo reacción alguna.

—Madre, ¿podemos irnos ya a casa, para poder jugar con mi colección de **LIMADURAS DE HIERRO**?

Pero antes de que la mujer contestara, el profesor se le adelantó:

—¡Ni hablar!

Gritó tan fuerte que la madre de Agustín se sobresaltó.

—¡Cielo santo! —exclamó la mujer.

Entonces, con un giro de muñeca, el profesor seleccionó la máxima potencia del robot, esa que ponía

«¡PELIGRO!».

—¿Ese trasto es seguro? —preguntó la madre de Agustín con cara de pánico.

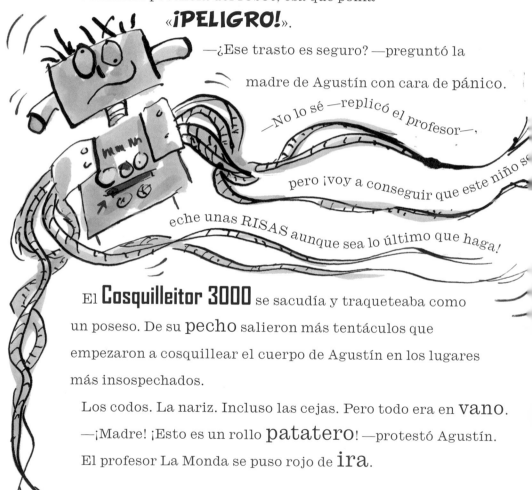

—No lo sé —replicó el profesor—, pero ¡voy a conseguir que este niño se eche unas RISAS aunque sea lo último que haga!

El **Cosquilleitor 3000** se sacudía y traqueteaba como un poseso. De su pecho salieron más tentáculos que empezaron a cosquillear el cuerpo de Agustín en los lugares más insospechados.

Los codos. La nariz. Incluso las cejas. Pero todo era en vano.

—¡Madre! ¡Esto es un rollo patatero! —protestó Agustín.

El profesor La Monda se puso rojo de ira.

—¡Cosquilleitor 3000! —chilló, fuera de sí—,

¡ERES MI GRAN OBRA,

MI MAYOR CREACIÓN, PERO ME HAS FALLADO!

Dicho lo cual, se quitó un zapato y empezó a atizar al robot en la cabeza.

¡PLAF! ¡PLAF! ¡PLAF!

El robot se puso a pitar y bufar como loco.

¡PIP! ¡PIP! ¡PFFF!

Pese a ser una máquina, sonaba como si estuviera realmente enfadado. Dejó de cosquillear a Agustín y se volvió despacio hacia su amo. Entonces alargó los tentáculos y empezó a cosquillear al profesor por todas partes.

Detrás de las *orejas*.

En el *trasero*.

En las plantas de los *pies*.

—¡Ja, ja, ja! ¡NO! ¡NO! —gritaba el profesor La Monda—. ¡No soporto que...! ¡Ja, ja, ja! me hagan COSQUILLAS. —El hombre se retorcía de risa—.

¡Ja, ja, ja, ja, ja, ja, ja, ja, ja!

Sin embargo, la suya no era una risa de placer, sino de sufrimiento. Aquella clase de cosquillas se parecían más bien a una forma de tortura, ¡sobre todo si el **Cosquilleitor 3000** funcionaba a la máxima **potencia!**

—**¡Ja, ja, ja, *Ja*, ja, ja!** ¡socorro! ¡socorro! ¡que alguien me **ayude**, por favor!

La madre de Agustín tenía que hacer algo. No había tiempo que perder.

Desesperada, se abalanzó sobre el mando del pecho del **robot**, pero este también dirigió sus tentáculos hacia ella, y no tardó en conseguir que se revolcara en el suelo, agitando brazos y piernas como un escarabajo boca arriba.

—**¡Ja, ja, ja, ja, ja!**
—gemía la mujer.

Mientras tanto, los movimientos del robot se iban volviendo cada vez más bruscos e **impredecibles**, y no paraba de encadenar pitidos y zumbidos.

Sus ojos no tardaron en empezar a soltar chispas, y le salía humo de la cabeza.

Los tentáculos del robot se movían ahora tan deprisa que era imposible verlos con claridad.

—**¡PARA!** ¡JA, JA! **¡PARA!** —gritaba el profesor La Monda mientras el robot le toqueteaba todas las partes imaginables del cuerpo—. ¡PARA! ¡JA, JA! ¡PARA!

¡ME VOY A HACER **PIS** ENCIMA!

En un intento desesperado por librarse de su propia creación, el profesor se enfrentó al robot, mordiéndole los tentáculos, pero la máquina lo tenía acorralado contra la pared.

—**¡Ja, ja, ja, ja, ja, ja!** ¡NO, NO, NO!

¡SE ME HA ESCAPADO EL **PIS**!

¡Ja, ja, ja, ja, ja! NO LO

¡AGUANTO MÁS!

Y entonces el profesor saltó por la ventana.

Os recuerdo que su consulta estaba en el centésimo piso del hospital, así que mientras caía al vacío tuvo tiempo de gritar:

—¡AAAH, MENOS MAL, QUÉ ALIVIO!

—antes de estamparse en el suelo con un estruendoso...

¡CATAPLÁN!

¡AY!

Mientras tanto, allá arriba, **Agustín el Aguafiestas** no pudo evitar romper a reír a carcajada limpia.

—¡Ja, ja, ja, ja, ja, ja, ja, ja, ja, ja, ja, ja, ja, ja, ja, ja, ja, ja, ja, ja, ja, ja, ja, ja, ja, ja, ja, ja, ja, ja!

Las lágrimas rodaban por las mejillas del chico, y se puso rojo de tanto reír.

En ese instante, se le fundieron los plomos al
COSQUILLEITOR 3000, que se desplomó en el suelo con un
sonoro...

¡CLONC!

—Agustín. Te estás **riendo**.

¡Por fin te estás riendo!

—Pero ¿por qué? —preguntó su madre, que no se lo acababa de creer.

—¡Porque ESO sí que ha tenido gracia! —contestó Agustín.

¡Ja, *ja, ja,* ja, ja, ja!

Así que ya lo veis, Agustín **no** era tan aguafiestas como parecía. **Podía** sonreír e incluso reírse a carcajadas, pero solo de las **DESGRACIAS** ajenas.

La madre del chico nunca más intentó hacer reír a su hijo.

En cuanto a Agustín, cuando se hizo mayor encontró un trabajo que le iba como anillo al dedo: profesor de Ciencias. Trabajó en la misma escuela durante cuarenta años sin que ninguno de los profesores o alumnos lo viera reír jamás. Era casi imposible no dormirse de aburrimiento en sus soporíferas clases, que eran tan serias como él.

Hasta que un día alguien se equivocó al hacer un experimento en su clase y provocó una tremenda explosión.

¡BUUUM!

La explosión generó un incendio y su pobre ayudante de laboratorio acabó con el **trasero** en llamas. Al verlo, Agustín se **desternilló** de risa, para asombro de sus alumnos.

—¡**Ja, ja, ja, ja!** —se reía, señalando el trasero humeante de su **desdichado** ayudante.

Con tanta **risa**, se le escapó el **pis**, que se deslizó por la pernera del pantalón hasta formar un **charco** en el suelo del laboratorio.

Y en ese instante toda la clase se rio de él.
De pronto, **Agustín el Aguafiestas** ya no
le veía la gracia.

¡ESE CHICO NO PONE UN PIE EN MI QUIOSCO!

SOFÍA
Sofá

Lo único que Sofía quería hacer era pasarse el día en el sofá, viendo la tele. **Sofía Sofá** era sin lugar a dudas la peor niña de todo el mundo.

Nunca iba a clase, no ayudaba a su madre en las tareas domésticas y no se levantaba del sofá ni siquiera para cenar sentada a la mesa. Lo único que hacía era pasarse las horas en el sofá, viendo la tele.

La programación le daba igual: *culebrones*, concursos, series de detectives, *programas de jardinería*, **concursos de talentos**, ***dibujos animados***, DEBATES POLÍTICOS, incluso aburridos programas sobre **cachivaches** sin el menor interés que el presentador hacía pasar por antigüedades de gran valor. Mientras la pantalla estuviera encendida, Sofía no apartaría los ojos de ella. Lo que más le gustaba, eso sí, eran los anuncios. A veces tenía la sensación de que eran los programas los que interrumpían la publicidad.

Sofía se pasaba las horas repantingada en el sofá, viendo la tele y comiendo.

Las patatas fritas, las galletas, la bollería, las golosinas y el chocolate

eran sus tentempiés preferidos mientras veía la tele. Si ponían un anuncio de patatas fritas, galletas, magdalenas, golosinas o chocolate, ordenaba a su madre que se lo llevara enseguida.

—¡**M-A-A-A-M-Á**! —chillaba—. CHOCOLATE, ¡**AHORA MISMO**!

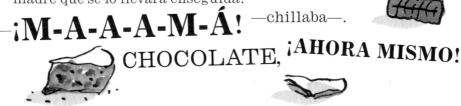

La pobre madre de Sofía (era pobre porque tenía que gastar todo su dinero en cantidades **industriales** de comida para su hija) bajaba corriendo a la tienda de la esquina para comprarle a la niña una tableta de chocolate.

Sin embargo, para cuando llegaba a casa, Sofía se había encaprichado de algo distinto que había visto en otro anuncio y la obligaba a salir de nuevo por la puerta.

–¡M-A-A-A-M-Á! ¡MAGDALENAS!

Ver la tele y engullir comida. Engullir comida y ver la tele. Eso era lo único que hacía Sofía. Las pupilas se le habían vuelto **cuadradas** de tanto mirar la caja tonta. El único ejercicio que hacía era cambiar de canal, pero como usaba el mando a distancia, se limitaba a pulsar un botón con el dedo. Aun así, a veces se cansaba y le gritaba a su madre:

–¡M-A-A-A-M-Á! ¡CANAL TRES!, ¡AHORA MISMO!

A nadie sorprenderá descubrir que un buen día la madre de Sofía dijo **basta**.

—¡Ya es hora de que **dejes** de ver la tele y **levantes** el trasero de ese sofá, señorita! —anunció la mujer.

—Déjame, mamá —farfulló Sofía, sin apartar la vista de la tele—. Tengo que saber cómo acaba la historia.

—¿Te refieres al **episodio**? —preguntó su madre.

—No, a la **serie** —replicó **Sofía Sofá**.

—Pero ¡si estás viendo un culebrón! ¡Puede que **no** se acabe NUNCA! ¡Venga, señorita, **ARRIBA**!

Dicho esto, la madre de Sofía puso las manos en las axilas de su hija e intentó levantarla por las bravas.

—Tres, dos, uno... ¡ARRIBA!

Al final lo consiguió, pero también **levantó** el sofá.

La niña llevaba tanto tiempo allí sentada que había acabado **incrustándose** en el sofá. De hecho, una y otro se habían fusionado hasta tal punto que era imposible saber dónde **acababa** su cuerpo y dónde **empezaba** el mueble.

Sofía era ahora...

... mitad niña, mitad sofá.

Aunque no puede decirse que la **afectara** demasiado, la verdad, porque **continuó** viendo la tele como si tal cosa.

Cuando su padre volvió a casa de trabajar, la madre de Sofía le pidió ayuda y entre los dos intentaron **arrancar** a su hija del sofá.

El padre de Sofía plantó un pie en el brazo del sofá para hacer **palanca** y le dijo a su mujer que hiciera lo mismo.

—Tres, dos, uno...

¡ARRIBA!

Pero la niña no se movió **ni un milímetro**, así que sus padres acudieron a los **vecinos** de su calle de casas adosadas en busca de ayuda. El plan era crear una *cadena humana*. La fuerza conjunta de un **centenar** de personas seguro que podría separar a Sofía del sofá.

Algunos de los vecinos se apiñaron en la salita mientras los demás formaban una fila india que llegaba hasta la calle.

—¡APARTAOS DE LA **TELE**! —gritaba Sofía.

Su padre encabezaba la cadena humana, rodeando a su hija con los brazos, y la madre de Sofía se abrazaba a él. Indira, la vecina de al lado, se agarraba a ella y así sucesivamente.

Los vecinos se cogieron de los brazos y la cadena humana fue creciendo hasta alargarse calle abajo.

—Tres, dos, uno...

¡ARRIBA!

—exclamó el padre de Sofía.

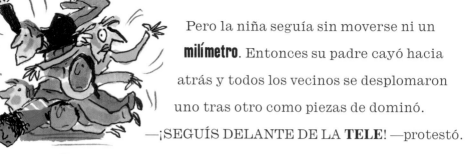

Pero la niña seguía sin moverse ni un **milímetro**. Entonces su padre cayó hacia atrás y todos los vecinos se desplomaron uno tras otro como piezas de dominó.

—¡SEGUÍS DELANTE DE LA **TELE**! —protestó.

El padre de Sofía llamó a **URGENCIAS**.

—*¿Qué departamento necesita? ¿POLICÍA, BOMBEROS o AMBULANCIA?*

—No estoy seguro —dijo el hombre mientras la madre de Sofía observaba a la niña con angustia—. Verá, mi hija no puede apartarse del sofá.

—*¿Quiere decir que le gusta mucho?* —preguntó la operadora.

—No, está incrustada —contestó el padre de Sofía.

—*Vaya por Dios. Esta sí que es rara* —replicó la operadora—. El otro día nos llamó un señor con el TRASERO ATASCADO en un cubo, y una señora que había metido la CABEZA en un MELÓN y no podía sacarla, pero es la primera vez que nos llaman porque alguien se ha quedado INCRUSTADO en un SOFÁ. PODRÍA ENVIAR A LOS BOMBEROS PARA QUE LA SACARAN CON EL HACHA.

—Eso suena un pelín drástico —comentó el hombre.

—BAJA LA VOZ, ¿QUIERES? ¡NO ME
DEJAS VER LA **TELE**!
—chilló Sofía.

—*¿Qué ha sido eso?* —inquirió la

operadora.

—Ah, nada... —contestó el hombre

en susurros—. Era mi querida hija,

ya sabe, la que es mitad niña, mitad sofá.

—*Ah.* —La operadora reflexionó—.

Podría enviarles a la policía para que

detenga a alguien...

—¿A quién? —preguntó el padre

de Sofía.

—*¿Al sofá...?*

El padre de Sofía lo pensó.

—El sofá no ha hecho nada, y le tenemos cariño.

La madre de Sofía asintió al oír sus palabras.

—*¿Qué me dice a una ambulancia? Podría llevar a su hija al*

hospital, y quizá los cirujanos puedan separarla del sofá...

—Sí, sí, es una idea magnífica —repuso el padre de

Sofía—. ¡Por favor, envíe una ambulancia cuanto antes!

Gracias.

¡NIIINOOO, NIIINOOO, NIIINOOO!

La ambulancia llegó al cabo de unos minutos.

Pero había un problema.

Al ser mitad *niña*, mitad *sofá*, **Sofía Sofá** era demasiado grande para pasar por la puerta. La conductora de la ambulancia pidió que enviaran una grúa con una gran bola de demolición para solucionar el problema.

Menos de una hora después, la grúa gigante blandió la pesada bola metálica y la estampó contra la fachada de la casa de Sofía.

¡PAM!

La bola abrió un gran boquete en la pared y una inmensa nube de polvo envolvió toda la calle, pero Sofía seguía tan campante, sin apartar los ojos de su adorada pantalla.

—¡QUITAD ESTA POLVAREDA DE EN MEDIO! ¡NO ME DEJA VER LA TELE! —berreó.

Cuando el polvo se dispersó, la conductora de la ambulancia se topó con otro problema. Aquel ser, mitad niña, mitad sofá, era demasiado pesado para levantarlo a pulso. Decidieron usar la grúa para izar a Sofía.

Con un golpe de palanca...

¡FIUUU!

... aquella cosa, mitad *niña*, mitad *sofá*, salió volando por los aires.

Cuando Sofía descubrió que no podía seguir viendo su adorada tele, montó un **jaleo** tremendo.

—¡LA TELE, LA TELE, LA TELE!

—gritaba.

El operador de la grúa se puso nervioso y tiró de la palanca equivocada, con lo que la carga empezó a dar vueltas en el aire y fue a estrellarse contra la hilera de casas que había al otro lado de la calle. ¡CATAPLÁN! Las casas se desplomaron una tras otra con gran estruendo, levantando ¡BUUUM! una enorme nube de polvo y escombros.

Apenas quedó nada de la hilera de casitas adosadas.

Pero eso a Sofía le daba igual. Lo único que quería era seguir viendo la tele.

Cuando por fin cesó el estrépito de los desmoronamientos y los gritos de los transeúntes, lo único que se oía era la insistente protesta de la niña:

—¡LA TELE, **LA TELE,** LA TELE, **LA TELE!**

En cuanto pudo, la conductora de la ambulancia abrió las puertas traseras del vehículo para que el operador de la grúa tratara de meter a **Sofía Sofá** en su interior. Después de unos quinientos intentos, quedó claro que no iba a caber de ninguna manera. La conductora de la ambulancia tuvo entonces una idea. Usando una cuerda, sujetó a aquella criatura, mitad *niña*, mitad *sofá*, a la parte de atrás de la ambulancia para poder arrastrarla hasta el hospital.

—¡LA TELE, LA TELE, LA TELE, **LA TELE,** LA TELE, **LA TELE!**
—seguía gritando Sofía.

Para entonces, la conductora solo podía pensar en dejar de oír aquella horrible cantinela, así que tomó una medida desesperada: enchufó la tele en la parte trasera de la ambulancia.

El aparato volvió a la vida como por arte de magia ante los ojos de Sofía. Desde que tenía uso de razón, la niña no recordaba haber pasado tanto tiempo sin ver la tele. Había estado apagada un minuto entero, y sintió un gran alivio al verla encendida de nuevo.

Con mucho cuidado, la conductora de la ambulancia se puso en marcha despacio. Los padres de la niña viajaban en la cabina del vehículo, que tiraba de su hija como si de un remolque se tratara.

Sofía Sofá parecía bastante a gusto mientras se dejaba arrastrar hacia el hospital. No es de extrañar, ya que se pasó todo el viaje viendo la tele. Todo iba bien hasta que...

... la ambulancia tomó una curva cerrada...

¡HIIIIIIC...!

... y la cuerda y el cable de la
tele se rompieron.

¡RAS!

La conductora de la ambulancia siguió adelante sin darse cuenta de nada, pero la tele y la mitad *niña*, mitad *sofá* se deslizaron por la calzada, patinando sin control.

¡FIUUU!

La tele ya no estaba enchufada a la corriente eléctrica, así que la pantalla se apagó y Sofía se puso a gritar a pleno pulmón:

—¡LA TELE, **LA TELE**, LA TELE, **LA TELE!**

Sin embargo, quiso la suerte que, en ese preciso instante...

... la mitad *niña*, mitad *sofá* fuera a estrellarse contra el escaparate de una tienda de **electrodomésticos.**

¡PUMBA!

Con el impacto, **Sofía Sofá** salió despedida y acabó...

... empotrándose en un televisor de pantalla gigante...

¡CATACRAC!

... en el que se quedó **incrustada** para siempre. Ahora **Sofía Sofá-Tele** era un tercio *niña*, un tercio *sofá* y un tercio *televisión*.

Y eso es exactamente lo que puede **pasarte** a ti si ves demasiada **tele**.

FIN

¡Chaíto!

Comunicado de
David Walliams

Querido lector:

Por desgracia, esta recopilación de historias ha llegado a su fin. Espero que hayas disfrutado leyéndolas. Ahora ya sabes quiénes son los niños más detestables que han pisado jamás la faz de la Tierra.

Sin embargo, después de tener una charla con tus padres y profesores, he llegado a la conclusión de que me he dejado fuera al que es, sin lugar a dudas, el peor niño del mundo: ¡tú!

No sufras, me encargaré de reparar esta injusticia asegurándome de incluirte en la futura publicación de

¡LOS PEORES NIÑOS DEL MUNDO, VOLUMEN II!

David Walliams

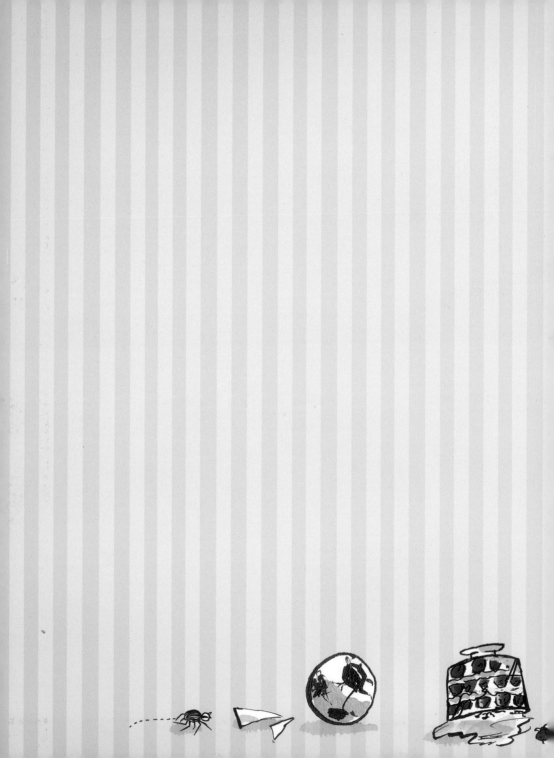